无从毕业的学校

无从毕业的学校

沈从文 著

中华书局

图书在版编目（CIP）数据

无从毕业的学校/沈从文著. —北京：中华书局，2017.6
ISBN 978-7-101-12530-6

Ⅰ.无…　Ⅱ.沈…　Ⅲ.随笔-作品集-中国-现代　Ⅳ.I266.1

中国版本图书馆 CIP 数据核字（2017）第 064664 号

| | |
|---|---|
| 书　　名 | 无从毕业的学校 |
| 著　　者 | 沈从文 |
| 责任编辑 | 朱　玲 |
| 装帧设计 | 周　玉 |
| 出版发行 | 中华书局 |
| | （北京市丰台区太平桥西里 38 号　100073） |
| | http://www.zhbc.com.cn |
| | E-mail：zhbc@ zhbc.com.cn |
| 印　　刷 | 北京瑞古冠中印刷厂 |
| 版　　次 | 2017 年 6 月北京第 1 版 |
| | 2017 年 6 月北京第 1 次印刷 |
| 规　　格 | 开本/850×1168 毫米　1/32 |
| | 印张 11　插页 2　字数 250 千字 |
| 印　　数 | 1-10000 册 |
| 国际书号 | ISBN 978-7-101-12530-6 |
| 定　　价 | 66.00 元 |

# 目录

# 我的教育

## 一

这是我住在一个地名槐化的小镇上的回想。我住在一个祠堂戏台的左厢楼上，一共是七十个人。

墙上全是膏药，就知道这地方也驻过军队。军队与膏药有分不开的理由，这不是普通人所明白的。我们的队伍里，是有很多朋友也仿佛非常爱在背上腿上贴一膏药，到另一时又把这膏药贴到墙壁上的。他们——尤其是有年纪一点的伙夫，常常挨打，或搬重东西跌磕了脚，闪扭了腰，所以膏药在他们更是少不了的东西了。

我们每两人共一床棉被，垫的是草，上面有盖的，下面有垫的，不湿不冷，有吃有喝，到这里来自然是很舒服的生活了，所以大家都觉得很满意，因为一切东西是团上供给的，铺板是新的，草是干净的，棉被是从人家乡下人自己床上取来的。

排长早晚各训话三次，他是早把这个体面的训话背熟了多日，当到司令检阅时也不至于出笑话的。排长训话有三点，说是应当记清：一不许到外面调戏别人妇女，二不许随便拿人东西，三不许打架闹事。我早就把这个记熟了。至于他们，我不敢说，我是明白有些人的嗜好的。

二

整理了一天的住处，用稻草熏，楼上的霉气居然没有了。

今天有人在墙罅里捡得三块钱，用红纸包好，不知谁人所放，得了钱不报告上去，被知道了，缴了钱，还按捺到阶前打了三十板。这人很该打，得了横财他就想隐瞒。排长说，这钱应当大家公分，是天所赐。钱少，不便分摊，所以晚上买了猪肉大家吃。被打的那人他抖气躺到床上不吃，很好笑，你不吃，也仍然是挨打了。照理他应当抖气吃得比别人更多。

军人讲服从，不服从就打，这就是我们生活的精义。

　　有许多人是因为聪明，不容易使排长生气的。其实那有什么奇怪，常常同排长喝点酒，排长还好意思打人骂人吗？

　　因为熏房有恶气味，就邀人出到街上去看。我不知道凭什么理由我们会驻扎到这地方来。这里街只是一条，不是逢场日子连买汤圆也买不出。街上太肮脏了，打豆腐的铺子，臭水流满了一街，起白色泡沫，起黑色泡沫，许多肮脏灰色鸭子，就在这些泡沫里插进了它的淡红色长嘴，唖东西吃。全街只有一个药铺，两家南货铺。他们插国旗是欢迎我们的，国旗的马虎同中国任何地方一个样子。我们来清乡，先贴了半个月告示，再经过团上派人打锣通知，大家是知道清乡对他们有益了，所以才把国旗挂出。

　　我今天到街上时看到一个吹唢呐的人。他坐到太阳下，晒太阳取暖，吹他的唢呐，小孩子许多围到看。他的唢呐吹得不坏，很有功夫，我以为是讨钱的，觉得我有慷慨的必需了，丢了点钱，大家笑了。原来是他在那里引小孩子们，并不要钱。不要钱了我看比我平常有耐心去做的事还久。这地方小孩子都很瘦，好像有病，也是平常的事，我看到许多地方小孩子全都不甚肥壮。

街上冷静了，幸好，打听得出有酒喝，逢场或者好一点。我们想吃肉是非等到逢场不行的。昨天吃的是二十里外来的肉。

三

排长头一天说，军人要早起，我就起得很早。

今天点名，凡是不起床的全都罚跪，一共跪了十九个，一排跪到那大殿廊下，一直到九点钟，太阳照到这些的阔肩背，很可笑。排长看到了这一群矮子也笑。跪够了到吃饭时大家又吃饭。

我们大约还要一些日子才下操，因为还没有命令。既不下操，又起得早，怎么办？打霜了，很像十月天气，穿了我们的新棉军服，到后山去玩，是很好的事。到了后山才知道这地方不错，地方人家少，田亩多，无怪乎有匪，不过我们还是不见土匪的，大约他们听说开来的军队很多，枪上刺刀放光，吓怕了，藏到深山中去了。我想过一阵我们会排队到各处打土匪的，那自然是有很趣味的一件事，碰不到匪，总可以碰到团总，团总是专为办军队招待才要的。

到溪边，见到有一个人钓鱼，问他一天钓多少，他笑。又问他，才明白他是没有事做钓鱼玩的，因为一天鱼不上钩也是常有的事。快到冬天了，鱼不上钩。想不到是这乡里还有这种潇洒的人。我也就想钓鱼。

早上这地方空气新鲜。

回到营里，吃过早饭，无事做了，班长说，天气好，我们擦枪。大家就把枪从架上取下，下机柄，旋螺丝钉，拿了枪筒，穿过系有布片的绳子，拖来拖去。我的枪是因为我担心那来复线会为我拖融，所以只擦机柄同刺刀的。我们这半年来打枪的机会实在比擦枪机会还少。我们所领来的枪械好像只是为擦得发亮一件事。

在太阳下擦枪是很好的，秋天的太阳越来越可爱了。

有些人还在太阳下翻虱，倦了就睡，全很随便。

因为擦枪，有人就问排长："大人，什么时候我们去打土匪？"排长笑，他说："好像近来这地方是没有土匪。"

如果是没有土匪，驻到这地方过一个冬天，可真使人骂娘了。我们是预备来实习在××所学的"散开"，"卧下"，"预备放"，"冲锋"，种种事情的。没有土匪同什么人去实习这件事？

四

今天逢场。想不到这地方也会这样热闹。

我们有肉吃，用开差时从军需处领下的洋磁小碗，舀汤喝，我们全到了张口大笑的时代了。

早上有训话，告我们不许拿人家东西不把钱，不听命令，查出了，打五百。训话一毕大家都到街上玩去了，各人都小心到五百的一个数目，很守规矩。记到这训话轻轻的骂娘的也有人，但这些人我相信都不忘记"五百"那数目，不敢生事。不过，见到东西，要买了，他们总只要一半价钱，因为"五百"，摇头不答应，到后送同样价钱却得了一倍东西，这个事情责任可不在兵士了。

场上各样东西全有买卖，布匹，牛羊肉，油盐杂货，嘉湖细点，红绒绳子，假宝石镯，全都不缺少。又有卖狗肉的，成腿卖，价钱比××贱许多。我们各人买了二十文冰糖含到口中，走到各处看热闹。

这地方鸡种极好，兵士们都买鸡喂养，作斗鸡，又买母鸡，预备生蛋孵雏。

逢场药铺生意也忙了，我站到那药铺门前看了半天，检药的人真不少。这铺子一见我们站到门前，就问我要膏药不要，有新摊的奉送。他以为凡是兵士腿上全应贴一张膏药，一点不明白什么人才用得着那方块东西。

在场上随意走去，也很看了一些年青女人，奶子肿高，长眉毛白脸，看了使人舒服。

好像也有人乘到逢场摆赌的，因为恐怕司令部官长在那里，所以不敢去看。到夜里，才知道桌子是由副官处包办抽税，一张三串，一共是得钱四十余串，补充营摊分了九串，钱不多，分下来不成数目，仍然不分，留到下场买肉吃。

## 五

不逢场，街上是不值得来去了。

在厢楼上白天睡觉的人很多。

我不出门，就到戏台前去同人数木雕浮刻故事，到后借司务长的笔画了一张赵子龙单骑救主的画，仿到那木雕，很有神气，我把它贴到墙上，被他们见了，大家都请我画一张。我对这件事自然从不推辞，一张包片糖的粗草纸，我也能够画出一张张飞的脸。

这祠堂里他们都说有鬼。他们又说鬼是怎样多，照规矩在某处某处都有，不过这些人没有话说，所以找出这些来说说罢了。我们中间是没有一个人怕鬼的，许多人吃过人肝人心，当菜炒加辣子下酒，我虽然只有资格知道这一件事，不能下箸，但我们这样的人哪里还有怕鬼的闲心？但因为火夫同吹喇叭的号兵爱听故事，所以大家常常谈鬼。

住到这祠堂里几天来我们的事可以列表记下：一点名（不到则罚跪），二吃饭（菜蔬以辣椒为主体），三擦枪，唱军歌，四各处地方去玩，撞一点小小乱子（譬如打别人的狗一阵，撵别人的鸡一阵）。这日子将过下去有多久，我们中间是无一个人明白的。我们来到这里究竟还要做些什么事，也无一个人明白的。因为我想明白这事，就同到几个人去问军法长，军法长也不知道。他说："我知道什么是清乡呢？我只会审案，用大板子追取口供。"这军法长是我们顶熟的人了，他就只能告我们这一点事情。

因为每天的给养是由团上送来，由副官处发下，所以到了这里有一件难得的事，就是不必像在××时每天晚上得听到司务长算伙食账的吵闹。司务长无伙食账可算，所以成天醉到楼梯边，曾有兵士用脚在他肩部踢过一下，第二天也不曾被处罚，真算是一件奇怪的事。

六

我们的司令部设在后殿，无事兵士不到里面去。今天不知为什么有六个人被派往里面去。我因为同军法长是熟人，就跟了进去，到了里面，才知道团上送土匪来了，要审问了，所以派人进来站堂。

送土匪是已为我们知道了的，土匪送来时先押到卫舍，大家就争去看土匪，究竟是什么样子。看过后可失望极了，平常人一样，光头，蓝布衣裤。两脚只有一只左脚有草鞋，左脸上大约是被捉时受了一棒，略略发肿。他们把他两手反捆，又把绳端捆在卫舍屋柱上。那人低了头坐在板凳上，一语不发，有人用手捺他他也不动，只稍稍避让，不知道在想些什么心事。

　　不久就坐堂审案了，先是看团上禀帖，问年岁姓名，军法长坐当中，戴墨晶眼镜，威武堂堂，旁边坐得有一个录事，低头录供，问了一阵，莫名其妙，那军法长就生气了，喊："不招就打！"于是那犯人就爬到阶下，高呼青天大人救命。于是在喊声中就被擒着打了一百板，打过了，军法长也稍稍气平了。

　　军法长说："他们说你是土匪，不招我打死你。"

　　那人说："冤枉，他们害我。"

　　军法长说："为什么他们不害我？"

　　那人说："大老爷明见，真是冤枉。"

　　军法长说："冤枉冤枉，我看你就是个贼相，不招就又为我打！"

那人就磕头，说："救命，大人！我实在是好人。是团上害我。"

军法长看禀帖，想了一会，又喝兵士把人拖下阶去打了一百。

到后退堂，把人押下到新作的牢里去，那牢就在我住处的楼下。这汉子一共被打了五百，到底是乡下人，元气十足，受得苦楚，还不承认。我想明天必定要杀他，因为团上说他是土匪，既然地方有势力的人也恨他，就应当杀了。我们是来为他们地方清乡的，不杀人自然不成事体。大家全谈到这个人可以杀了，对于这人又像全无仇恨，且如果说到仇恨时，我清楚有许多人是愿意把上司也杀了的。只觉得是土匪就该死，还有人讨论到谁是顶好的刽子手的事了，这其中自然不免阿其所私，因为刽子手可以得到一些赏号。

兵士中许多人都觉得明天要杀人，是有趣味的一件事，他们生活太平凡单调了。要刺激，除了杀头，没有算是可以使这些很强的一群人兴奋的事了。

晚上到卫舍时，看到有人在劈大竹子，劈了又用刀削，说是副官要他们预备毛竹板子，才能对付得下，这地方土匪极其狡猾，用平常打兵士的板子是对付不下那些东西的。是的，一点不错，这地方人都似乎很强壮，并不比我们兵士体格瘦弱，要他们招出一些他们不知是犯罪的事，不重重的打怎么行。他们有时被打还不喊，蛮子！

## 七

我又看到审案，一切情形同昨日一样，所不同的只是打的数目。时间是早上，板子的确是新东西了，喊堂时，一个兵士哗的把一束毛竹板子丢到地下，真很有些吓人。犯人只再加三百，就招了。他照到军法长意思说了一些军法长所要明白的话，当天录了供，取了指模，又把他丢到牢里。我们以为今天会要杀人了，都仿佛有一种欢喜。

不杀人，在戏楼上无意思之至，就到山后玩了半天。

今天兵士也有被打军棍的，是因为他们打了架。他们一天什么事也不能做，打架实在也是免不了的事情。不过平常打打闹闹，不要到动刺刀流血的情形，也不什么要紧，这些人是打了架明天也会好的，军人中脾气是这个样子。到因为两人打架被罚相对立正一点钟，两人就都抱怨自己的粗鲁了。

不过因打架到革除也有的，我晚上就梦到我自己被革，先梦到同××打了一架，队官就把我们革除了。

## 八

我到修械处玩了半天，看他们做事，帮到他们扯风炉。

他们那些人，全是黑脸黑手，好像永远找不到一个方便日子去用肥皂擦到脸上颈上的。他们那里一共是六个小孩子，同到在一处做事，另外一个主任，管理到他们工作的勤惰。孩子们做事是有生气的，都很忙，看不出那些小鬼，臂膊细小如甘蔗，却能够挥大铁锤在砧上打铁。他们用镳，我们用锯，用钻孔器，全是极其伶巧。他们又会磨刀。他们一面说笑话一面还做各样事情，好像对于这工作非常满意，且有过十年以上那种习惯。

修械处方面，使我们对他们也觉得羡慕的是他们那好主任，主任每天用大煨缸煨狗肉牛肉，人人有份，我们新兵营里的人可没有这种福气。营长同队官是也很能喝一杯的，可是不请客。

他们约了我下次吃狗肉，我答应了。

我们今天又擦枪。

下半天从修械处出来，走到街头，看到有兵士从石门方面押解人头来部，每一个脚色肩挑人头两个，用草绳作结，结成十字兜，把人头兜着，似乎很重，人头一共是三担。为看人头就跟到这些人头担子回营，才知道这是驻石门剿匪砍来的。这是不是匪头，那是我们不明白的事了。

这东西放在副官处，围拢来看的人极多。到后副官说，应当挂到场头上去，明天逢场示众，使大家知道我们军队已在为他们剿了匪，因此我又跟到他们去看，直到看他们把人头挂到焚字纸塔上姿式端正以后，才回大营。

## 九

又到场期，精神也振作起来了。

大清早就约了几个不曾看到昨天人头的兵士去欣赏那奇怪东西。走到那里时，已有一些兵士在那里看。人头挂得很高，还有人攀上塔去用手拨那死人眼睛，因此到后有一个人头就跌到地上了。见了人头大众争到用手来提，且争把人头抛到别人身边引为乐事。我因为好奇就踢了这人头一脚，自己的脚尖也踢疼了。

今天半日时，那关闭在牢里的土匪被牵出到街头当路大桥上杀了，把头砍下，流了一坪血，我们是跟到那些护围的兵士身后跑到了刑场，看到一个刽子手用刀在那汉子颈项上一砍，嚓的一声，又看到人倒下地以后再用刀割头的一切情形的。大家还不算觉得顶无趣味，是这汉子虽不唱歌不骂人，却还硬硬朗朗的一直走到地。到了地，有人问他："有话没有？"他就结结巴巴说："二十年又是一条好汉。"他只说这样一句话，即刻就把颈项伸长受刑了。

如我能够想得出这些人为什么懂得到在临刑时

说一两句话，表示这不示弱于人的男子光荣气概，又为什么懂得到跪在地下后必须伸长颈项，给刽子手一种方便砍那一刀，我将不至于第二次去看那种事了。

这人被杀大概也不怎么很痛苦，因为他们全似乎很相信命运。是的，我们也应当相信命运。今天他们命运真不怎么好，所以就这样办法了；我们命运同那个人相反，所以我们今天晚上就得肉吃。

看过杀人回到营中的我们，所讨论的还是那汉子的事，我们各人据在草上，说了很长久的时间，又引申说到另外一些被砍的故事上面，在兵士的一群中是很少有像我那样寡见浅识的。他们还能从今天那汉子下跪的姿式中看出这命运不好的汉子做匪无经验的地方，因为如果做匪多年的人，他应当懂一切规矩，懂到了规矩，他下跪时只应屈一只腿，或者有重伤则盘膝坐下，因为照这办法到头落地以后死尸才可以翻天仰睡，仰卧到地上对于投生方便，说了二十年又是好汉那样慷慨决绝的壮语，却到头不懂这些小事，算不得完全的脚色。兵士们是每一个人皆有许多机会看到杀人，且无有不相信这仰卧道理的，兵士被杀都很明白那种体裁，纵缺少这知识临时也可以有熟人相告。

<h1 style="text-align:center">十</h1>

一个团总又同了二十个亲信，押解一群匪犯来了。"该死的东西"一共是六个。审讯时有三个认罚，取保放了。有三个各打了一顿板子，也认了罚，又取保放了。听说一共罚了四千，那押解人犯来的团总，安顿在司令部喝酒，出门时，笑眯眯的同我们兵士打招呼，好像我们同他新拜了把子。

我听到一个兵士说这是一种筹饷的最方便办法。这人叔父是那军法长，所说的话必定不会错。听到这个话，我心想，这也真是方便事。我们驻到这地方，六十里附近一共是一千多人，团上供给的只是米同柴火，没有饷大家怎么能过年。人人都说军队驻防是可以发财的机会，这机会如今就来了。有了机会，除庆贺欢喜，无事可作了。不过也想到这些人他会恨我们这队伍。不过就是恨，他们也没有什么办法的，不甘心罚钱，我们把他捉来就杀了，也仍然就完事了。

今天落了雨，各处是泥浆，走到修械处去玩，仍然扯炉，看到那些比我年纪还小的工人打铁。打铁实在是有趣味的事情，我要他们告我使铁淬水变钢的方法，因为我从他们处讨得了一支钢镖，无事时将学打镖玩。我的希望自然不必隐瞒，从兵士地位变成侠客，我自己无理由否认这向上的欲望。

晚上睡得很晚，因为有兵士被打五百，犯了排长训话的第一项，被查出了，执行处罚。军人应当服从，错了事，所以打了。这人被打过了就只伏在铺板上哼，熟人各处采寻草药来为他揉大腿，到后排长生着气往营长处去了，大家都觉得无聊。但不久全睡着了，那被打的兵士似乎也睡着了，我还不能睡好，想到军人应当服从，记到那兵士呻唤。


十一


约定了分班出到外面溪里去洗衣，在家洗了一会衣，就在溪里骂丑话浇水。因为又是好天气，真想不到的晴朗，天气一好，人人都天真许多了，有一个第八班的火夫，到后就被大家在很好的兴趣中按到水里去了。这个人从水中爬起，衣裤全湿，哭到营里去时，没有一个人把回营的处罚放到心上。

我洗了衣，又约同了三个兵士到杀人的地方去看。尸首不见了，血也为昨天的雨冲尽了，在那桥头石栏干上坐了半天，望到澄清的溪水说话不出。我是有点寂寞的。因为若不是先见到这里杀了一个人，这时谁也看不出这地方有人伸长颈脖，尽大刀那么很有力的一砍的事了。

他们杀了人，他们似乎即刻就忘记了，被杀的家中也似乎即刻就忘记家中有一个人被杀的事实了，大家就是这个样子活下来。我这样想到时心中稍稍有点难过。不过我明白这事是一定不易的。虽然刽子手回营时磨刀，夜里且买了一百钱纸为死人烧焚，但这全是规矩而已，规矩以外记下一些别人的痛苦或恐怖，是谁也无这义务的。

这地方似乎也有读书人，也有绅士。不过一个读书人，遇到兵，打他的嘴，他也是无办法的（绅士平时就以欺侮平民为生活，我们就罚他的款，他也只有认罚，不敢作声）。打读书人当然不是这地方的事，因为这里的我们不想打谁，只是很平凡的活着，不打仗，脾气是没有的。我相信在愚蠢的社会中聪明也无用处。

## 十二

昨晚有人请班长到营长处去说，让我们也来赌点钱，不然无事做了，很不容易过日子。营长说，好，你们随意玩玩，只是不能在那上面分出大数目的输赢，还有不许吵闹，不许欺骗。我们也一一答应营长了。从此我们多有了一种消遣。

说是不许到大数目，但是几个火夫把半年来积蓄下的几块钱，在第一天就输光了。这火夫是最爱贴膏药的人，胸口上我总见到他有一块东西。输了钱，问他胸口怎么样，这意思是笑他心痛不心痛，他不生气，笑说，运气不高，所以失手。这些人是有上了四十岁的年龄的，看到那种蠢样子，使人觉得好笑以外的怜悯。他们真完全是小孩子。

火夫薪水每月三元，除伙食一元半，剩余一元半。他们把半年来的积蓄输到一晚的牌九上面，输光了，第二天又仍然一到东方发白就挑了水桶到井边去担水，单是我们营里这种人的数目也就很不少了，照例又是这种人有输无赢，他们实在就特别给了许多机会让别的兵士行使欺骗。

望到他们挑水，使性子把水桶同到其他水桶相磕，有说不出的风格到我的心上。

我是不赌博的，只看，也很有趣味。先是赌精，已因为一次教训把赌戒去了。

我每天买二十文冰糖含到口中，近来已几几乎成为习惯。

今天又送来了两个匪犯，在我买糖时候遇到，我就问那卖糖人，是不是这地方被这些匪抢劫过。那个人摇头，他告我匪是在有一个时候遍地都是的，因为有些时候他们做土匪的机会比做平民的机会多一点。我不懂他说的"机会"，但看那个人是不会说谎话的，我也仿佛就懂了。

夜里审讯土匪我不去看，到后听说用铁杠把一个年青一点的两只脚全扳断了，就知道这人必定又是后天的货。每一场杀一个人，是可以使他们乡下人明白我们来到这里为他们剿匪，并不白受他们供给。

## 十三

今天又送来七个。

大家似乎都很欢喜，因为这些土匪由团上捉来，一让我们分别杀戮或罚款，并且团上对于匪徒的家事全很清楚，不会遗漏也不会错误，省事许多。

我呢，可不管这个。这些是军法的事，照例他们应当比平时忙碌了一点，这些有知识同有名分的人，为了审案，烟也吃不成了。我呢，自己到修械处打铁，玩车盘，在铁板上钻眼。我的兴味就在这些事情上面。杀人时我固然跟到去看，有热闹我总在场，可是我对于土匪的拷打是不发生兴味的，我对于杀人也没有他们盼望得殷勤。一遇到送来土匪审讯时，大家就争到拿板子准备，一听到杀人，大家就争作护围兵，真是奇怪。他们实在是无事情可做了，他们就不能不找出一些事情。

我今天被修械处一个小工人引到了一个新鲜地方，是去街稍远傍山一个铸铁厂。那里大铁炉高约两丈，成水的铁汁从炉口流出时放大白光，真是了不得的壮观。那工人比我多懂许多，他能分别铁矿，能知道铸铁成为熟铁的方法同理由，又能够自己动手挥锤。他每月口粮是四块六，还能把积下的钱请主任寄回家里去，家里有妈卖布。他的年纪比我还小，只十三岁，再过两年到我年纪时，他可以有八块钱月薪了。

铁厂真是一个好地方，到了那里我知道许多事情，辛寿是好人，各样全好，我说的辛寿就是那修械处小工人的名字。

## 十四

今天杀四个，全躺到那桥上，使来往过路的人也不能走路了，大家全从溪上游涉水走过。望到那些人一见血就摇头的情形是很有趣味的。逢场杀了这些人，真是趁热闹。血从石罅流到溪里去，桥下的溪水正是不流的水，完全成了血色，大家皆争伏到栏干上去看。

今天杀人，司令部的副官，书记官，军法，全到看。他们实在太没有事情可做了，清闲到无聊，所以他们从后门赶到桥上看，那军法还拿的是一支水烟袋，穿长袍，很跑了一些路。

大家全佩服刽子手的刀法，因为一刀一个，真有了不得的本领。这个人是卫队的兵士，把人杀完了，就拿了刀大踏步走到场中卖猪生肉屠桌边去，照规矩在各处割肉，一共割了七十多斤肉，这肉到后是由两个兵士用大杠抬回营来的。这规矩我先是只听人说到，在前清就有了的，上场大约也割过了，今天我才亲眼见到。这肉虽应归刽子手一人所有，到后因为分量太多了，还是各处分摊，司令部职员自然有份，我们也各有份。

吃晚饭，各人得肉一大片，重约四两，不消说就是用那杀人的刀所割来的肉了。吃到这肉时免不了仍然谈到杀头的话，一面佩服刽子手的精练刀法，一面也同时不吝惜夸奖到把脖子伸长到被杀的那一位。这又转到民族性一件事上来了，因为如果是别地方的人，对于死，总缺少勇敢的接近，一个软巴巴的缩颈龟，是纵有快刀好脚色，也不容易奏功的。这一点，××地方土匪真可佩服，他们全不把嘲笑机会给人。

因为有肉，喝了些酒，醉了三分的，免不了有忽然站起来用手当刀拍的砍到那正蹲着喝酒的人颈后的事。被砍的一面骂娘一面也挣扎起来，大家就揪到一处揉打不休。我们的班长，对这个完全无节制方法，因为到了那时节，他自己也正想揪一个火夫过来试试了。

杀了一个以后，我们大家全都像是过节，醉酒饱肉，其乐无涯。

## 十五

我一个人怀了莫名其妙的心情，很早的又走到杀人桥上去看。我见到的仍然是四具死尸。人头是已被兵士们抛到田中泥土里去了，一具尸骸附近不知是谁悄悄的在大清早烧了一些纸钱，剩下的纸灰似乎是平常所见路旁的蓝色野花，作灰蓝颜色，很凄凉的与已凝结成为黑色浆块的血迹相对照。

我看了一会死尸。又看了一会桥下，才返身。

我计算下一场必定仍然至少还有四个，因为五天内送四个匪来是可能的，并且现在牢里就还留得有四个，听他们说是有两个本应昨天杀掉，因为恐怕下场无人杀，所以预备留到下场用的。

十点钟排长集合，说了许多我们要爱国保民的话，同时我们在大坪里扯圈子唱新的军歌，歌中意思是："同胞同胞，当爱助，当携手，向前走。"我们一排人又当真携手作了一点钟游戏，大家全欢喜得很，因为我们从××开拔，到如今已经有二十天不作游戏了。虽然许多人已全是做父亲的年纪了，对于玩，还是很需要的事，他们心上全是很天真！

想起歌中的话语，我好像很有些感慨。在一队中我们真是很关爱的，被打了就代为找药，输光了就借钱扳本，有酒全是大家平分，有事情也是大家争去做。只是另外的，我们就不问了。别一营的事我们是也常常无理由去过问的。谁也不明白这理由，谁也不觉得这理由一定有明白的必要。

今天有人被值日副官罚跪到殿前，头顶清水一碗，水泼到地则所罚不算。大家对这件事才感生兴味，引为笑乐，都说亏副官想得出这样好主意。副官聪明是也只能在这些上显出的，此外也不过同我们一样吃饭睡觉罢了。

我们全是这样天真朴实的头脑。

# 十六

　　我到修械处吃狗肉。把狗肉得到了，放到炉上烧，皮烧焦以后，才同辛寿拿到溪中去刮，刮干净了又才砍成小块加作料安置到煨缸中去煨。狗肉煨缸挂到打铁炉上，一面做事的仍然做事。到下半天，七个人就享受了。小工年纪虽小，得了好主任的训练，差不多每一个人都能蹲到狗肉缸边喝四两酽洌的烧酒，喝了酒就随便说一点疯话，譬如："今天非……不可！""一定要同那水牛打一架！"那么仿佛非常决绝的话。大家且在这话上互相嘲谑到关于"货"的问题。货其实是完全无用处的东西。青年人，肚中有了酒，要发散，所以才提到这无用的东西。大家还把某一类地道的象征名词解释了若干用处，这用处多半是从一个火夫或一个马夫方面听来，结果还是唱唱"大将南征"的军歌各人拿起家伙到厨房洗濯去了。

　　主任好脾气，几几乎使我也成为修械处工人。

　　假若我做了工人，我对于使用一切器械是毫无问题的。我且能像那些小子一样在工作上发现大的趣昧。我将成为一个很好的工人，十年后也仍然还在那些地方做我的工。

## 十七

早上点名特别早到，制服整齐，被嘉奖，心里很快活。同到别人在操坪里操了一点钟。我们全都像需要一点分量沉重的东西压到肩上才容易过日子，我虽不一定是这样的人，但另外一些蠢汉子，是没有工作生活就不能规矩的。天气又太好了。我们想找一些事做，今天才同到队官去说，大家请求出去放哨，看看有不有土匪在附近骚扰。这队官是我的一个亲戚，他曾常常用亲戚的名分吃过我的冰糖。他回答我们说：

"放哨是派的，不是请求的。"

"那我们请派出去。"

"一群呆子，派出去干吗？有土匪，团上会为我们捆好送来的，要我们去捉，捉得到吗？"

"我们做什么？"

"你们擦枪吧。你看，天气多好！点验委员快要来了，若看到你们枪上刺刀不发光，那不是笑话么？"

"什么时候委员就来？"

"快了吧。我听他们说快了，等我们清了一会乡就来看成绩。"

"可是我枪上退子钩也被我擦小许多了，我不再做这种蠢事。"

"你以为这是蠢事，只你一个人以为——"

"不是蠢事我也不擦枪。"

"那就随便玩玩也好，只是不能到外面生事。"

队长走了，仍然含了我的一点糖在口中走去的。不能放哨，就只好照队官的吩咐，出去玩。我们今天就有七个人到那后山去砍柴，每人砍一些枯枝，又砍了一些小竹子，预备拿回营来作箫。同时还摘了一些花，把花插到柴捆上面，一路唱军歌回营。

我们的快乐是没有人能用法律取缔的，一直唱歌进到营里，就仿佛从什么远地方打了胜仗归来，把野花插到洋酒瓶中，还好好的安置到司务长算伙食账的一个米桶上面去，到晚上，那花影映到美孚灯微光中，竟非常美观。

在夜间我们营里可出了大事了，驻到后面一进左边院子里，有一个逃兵，第一次拐了枪械逃走，被捉到营里，因为答应缴出三支枪，就没有照处治逃兵法枪毙，方便在将来追枪，留他到营里住，如今又逃走了。这犯人我曾常常见他，白脸高身材，为军人中很难得的体面人物。他脚用铁梏锁定，走动时就琅琅的响，有时我们正擦枪，他也能得到方便出外面大坪来晒太阳，坐到石栏干旁向天空看云影。这汉子存心想再逃走，在夜里借故出恭，由班上一个火夫作伴，到修械处外面园圃中大便，谁知候在门边的火夫半天见无动静，疑心了，就喊那人名字。喊了几声仍然无声息，各处一望，人已不见了，火夫吓慌了，就大声的喊出来，"逃脱骡子了"，"逃脱骡子了"，一直从修械处喊出大堂。那火夫是苗人，声音洪亮不凡，全营为他这声音皆惊动了，大家全摸了枪向外面集合。我正在修械处同辛寿做铁弩，用枪挺簧纳小竹筒中，以为设计把箭镞放在压紧的簧上以后，遇到虎豹时，一放就可以打中虎眼。从别人所学到的白玉堂的身份上，我发现了一些我也不缺少成为这英雄的气质，就非常有兴味的研究这镖弩。先是听到有人从外面走过，很平常，以为这完全是不知节制吃多了一点的人物大便，可是到喊"打脱骡子"，我们忙随了那苗人到外面来，那苗火夫经营副耳根一掌，打得略略清醒了，他说"罗什长逃走了"。大家明白事情只是那逃兵又逃了，放了心，什么人说是"追去"，许多人就想拿了枪向外走，还有些喝醉了酒的也偏左偏右拿了一把刺刀走下楼来了，另一种混乱又不成样子。

到后园去看，人是从土墙上爬过，还留下一些痕迹，毫无疑义人已向后山躲藏了。又不久，我们就分头拿了火把器械去后山追寻了。每一个草堆全用长矛搜索过了，每一株大树全有人爬上去找寻过了，还是没有那白脸长身材汉子的踪影。那营长，因为这犯人是已经判决，只因为缴枪的原故所以看管到本营的，即刻把赏号悬出了，捉到活的赏三百，找出死的赏两百，好像全为了这个赏格数目的原故，平时办公事具结造表册的师爷，也有拿了提灯同长矛四处找寻逃犯的，但无论如何搜索，显然那汉子已即刻离开这山中，走到别一处去了。

我们被分派每廿人一组，到各处马路上去拦阻这逃兵，因为算定了这汉子纵逃走也只能取那几条路到别处去，就把一百四十个人分配了七组去拦截这一个人。我同我们一班上的人派过名叫江口的一条小路上去，因种种推测这路是必然取的一条路。即刻预备了草鞋，背了枪弹，向指定地点出发。七路中我们算是第四路，今夜是再不能在新棉絮里睡觉了，即刻我们就在路上了。大家对于这件事感生那么兴味，是三百元一个数目罢了。我们是并没有觉得非把这汉子头颅切下不可的，我们同他无友谊也同时缺少仇怨。我们虽不能明白这汉子所取的方向，又不能明白这赏格究竟是不是一个实在数目，可是总以为若果逃兵由自己发现，当是一件有趣味的事。一面是明白那汉子有脚镣系下面，纵走也去不很远，一面又是恃人多手中有武器可以制人死命，所以我们一点也不以为这是无意思而且危险的行为。

在路上想，三百元这样一个大数目，是一个兵士五年的饷份，一个火夫十年的口粮，气运一来，岂不是用枪刺那么随随便便一拟，或者向路旁草深处一探就可得到么？我们所有的人是全在这一个人身上做着好梦的。

只有今夜我才知道我们世界上同黑暗在一块的人事情。

## 十八

逃兵捉回来了，如所意料绕路，走的是第四路。但我们却与这运气无分，因为那人还比我们所猜想不糊涂，先是他想从江口过××，到后好像有意要作成另外一些人，本应一直与我们碰头，却自说临时变计向大寨走了。这人是大寨那一路所捉回来的，比我们转来迟了四点钟，人捉回时浮肿的脸更加苍白，他仍然站到那坪中太阳下向阳取暖，脚镣已断了，据说是先在营中锤断用布片包好的。我们望他，他也望我们，大约也看出我们因他一走全个晚上狼狈的情形了，就在见连长时说很对不起连长同诸位兄弟。到后为营长审讯，又向营长道歉，说对不起营长。

营长说："罗，你又回来了，我以为你聪明，第二次总不会再同我见面了。"

那汉子想了一会，说："这是一定的。"

营长说："我本来想救你，所以答应缴枪，就不砍你的头。你真太聪明了，见我对你好，你就欢喜逃。你是逃过了，这是你欢喜的事，你大约不欢喜挨打，让我打你一顿看看。"

这汉子当真就被打了一顿，被打完了丢到土匪牢里去。这汉子一瘸一拐走到牢边时，进牢门还懂得先用背进牢的方法，我才问别人，知道这人还作过一次大哥。

吃过饭，各人为晚上事辛苦了一晚，正好到床上草中做梦，忽然吹了集合号，排队站班，营长演说。营长说，司令部有命令，把罗××杀了。不到一会这汉子就被他那同营的兵士拥到平时杀人的桥头，把一颗头砍下了。

"他拐了枪，就该杀，不杀他，还想走逃，只有把他头砍下一个办法了。"这是营长演说的话语。

杀人时押队的就是他平时同营吃饭下操的兵士。大家都只明白这是军法，所以到时当刽子手也仍然有人。杀过这人以后，大家看热闹的全谈论到这个人，人是太英雄了，"出门唱歌"，"脸不失色"，不辱骂官长，"临刑颈脖硬朗"。大家还说他懂规矩，这样汉子的确是难见到的。

晚上营长从司令部里领赏格下来了，分配的办法稍稍出人意外，捉到这汉子的一组兵士得三分之一，其他出力人员分赏三分之二，大家对这支配皆无话可说。得赏以后，司务长成为兑换铺的人物，即刻就有许多人很畅快的在草席上赌起牌九来了，这些人似乎全都对于昨夜的行为感到满意。

我不明白他们为什么出三百块钱（这样一个大数目）一定要把那汉子捉回来的理由。捉回来就杀了，三百块钱就赏给出力的人员，大家就拿这钱赌博，这究竟是为什么事必须这样做，营长也说不分明，因为在训话里他并不解释这"必须"理由。

一切仿佛皆是当然的，别人的世界，我们的世界，永远全是这样。


十九


今天又发生了新事情，第十四连（就是那看守罗什长的一连）有三个兵士被审讯了，各人打了五百，收进牢里，是因为查明白有纵罪人逃走的原故。他们因为是朋友，所以那样做了，我们因为不与那人相识，就仍然赌了一天钱。那三人还应当感谢长官，因为照规矩他们也有死罪。也算是"气运"吧。在军队中我们信托自己还不如信托命运，因为照命运为我们安排下来的一切，是连疑问也近于多余的。一个火夫的身体常常比我们兵士强壮两倍，同时食量同担负也超过两倍，他们就因为什么不懂才有这样成绩。我们纵非懂"唱歌"、"下操"、"喊口号"、"行礼"种种事情不可，不过此外的东西，我们是不必去懂的。我们若只有机会看到我们的幸福，我们就完全是幸福的人了。

"打死他吧。"像这样的意思，在那三个兵士的连里，是应当有人想到的。这以为打死也不算过分的，必定就是那些曾经为一些小数目的债务，或争一支晒衣的竹竿，吵骂过嘴的人。小小的冤仇到某一时就可以牵连到生死，这是非常实在的。我们在××时还遇到一件事情，就是一个兵士半夜里爬起来把切菜的刀砍了同班的兵士七刀，头脸各处全都砍到，到后凶手是被审讯了，问他为什么这样粗卤，随意拿菜刀砍人，他就说是因为同伴骂了他一句丑话。这是不是实在的供词？一个熟习我们情形的人，他会相信这供词的，所以当时军法也相信了。那人定了罪。从这些小事上别的不能明白，至少可以了然那地方的民族性，凡是用辱骂的字言加在别人身上，是都免不了有用血去洗刷的机会的。不过另外的事我也来说说吧，就是我们的上司，不需要任何理由，是全可以随意对于兵士加以一种很妙的辱骂的。每一个上司对于骂人总像不缺少天才，从学校出身的青年军官，到军队以后是最先就学到骂人的。被骂的兵士有一种规矩是不做声。但过一会不久，兵士一有了机会，就又把从上司处所记下的新颖名词加到火夫的头上了。火夫则只能互相骂骂，或对米桶，水缸，汤勺，痛切的辱骂。照例被骂的自然是没有做声。

埋罗什长是营长出的钱，得了赏号的也有到那死人面前烧纸的。尸骸到晚上才许殓收。

今天有两个兵士因为赌博打了一架，到后各到连长处去打一顿板子。我先以为这些人在晚上会又有发生上面说到的凶案了，不拘是谁在半夜三更爬起身来摸到了菜刀，血案就发生了。不过我完全错了，他们到晚上仍然是在一堆赌牌九，且把挨打这一件事当作一个笑话讨论了许多。真是有些福气的人，为他们担心是白担心了。

## 二十

今天落雨，打牌的就在营里打牌，非常热闹。

## 二十一

又落雨，打牌的也还是打牌。

## 二十二

还是落雨。

## 二十三

雨落了一连三天，一院子泥泞。担水的火夫大清早赤脚板在泥中走出走进，口中还哼哼哼不止。

早饭前许多人皆很无聊赖的倚伏在楼厢栏干上看院中落雨的景致。雨已不落了，一个高身子师爷，掇长凳在长殿廊下画符，用黄纸画，到后且口咬鸡头，将血敷到符上面。他原来正在为昨天受伤那三个兵士治病。我们队伍中是不可少了这样人物的，有兵士被刀杀伤了，打伤了，或者营长太太有了病，少爷失魂夜哭，都不是军医的事，却非师爷画符不可。这师爷若缺少卜课本领也还是不成其为师爷的。大约"军师"就指的是这样人材，这人材的养成一半是天生一半还是由于地气，因为仿佛有三个全是××地方的人。望到师爷画符的神气，仿佛看到诸葛亮再生。

看看师爷画符，自己也来学习，用从书记处讨来的公文纸头，随意挥洒而成，且把这个东西也贴到床头去，说是可以辟邪，就是我在下雨的这一天的事了。

我这符是到后又悄悄的贴到了一个火夫背上的。这火夫我们一到有机会就为他画一点胡子，或者把一个萝卜包上肮东西给他吃，到被哄伤心，或吃亏不了时，就荷荷的哭一阵，哭声元气十足，大家听这哭声以及欣赏那姿态，都似乎很有趣味。这汉子年纪是三十七岁，命好的一定作祖父了。他哭了，或者排长走来，找一些稀奇的话语一骂，或者由兵士中捐出一点钱，塞在他的手心，不久就见到这汉子用大的有黑毛的手背擦那眼边，声音也没有了。这样人，看来好像可怜极了，但若果我们还有"怜悯"这种字样，就留下到另外一些事情上用吧。方便中，他们是也常常在喝半斤酒以后，走到洗衣妇人处说一点野话，或做一点类乎撒野的事情的！他们用不着别人怜悯，如世界上许多人一样。火夫这种人，他们到外面去，见了可以欺侮的人，并不把他们穿灰色衣服的权利丧失。他们也能在买菜蔬时赚点钱，说点谎话，再向神赌一个不负责任的咒，请神证明他的老实。他们做事很多，但吃东西食量也特别大。总之这些人的行为，皆是不可原谅的行为，所以挨打的时候比旁的人总多。在情绪上像小孩子，那不独是火夫一种人，就是年纪再大一点的传达长，也是一个样子的。做错事情被打了就哭，赏一个钱就又拭眼泪做丑样子笑，五十岁年纪了还有童心，赌博一输就放赖，这样人还不止一个的。

天气是使人发愁的天气，我不能出去，就只有到修械处代替工人扯炉。把大毛铁放到炉上炭火中，一面说话，一面身对风箱，用两只手向后奔，到相当角度时又将身体向前倾，炉火为空气所扇，发臭气同红光了。铁煨红了，一个小孩子把铁用钳铗取出，平放到鹤嘴砧上，于是两小孩就挥细把铁锤，锤打砧上的热铁，锤从背后扬起，从头上落下，着铁时便四方散爆铁花。主任坐到旧枪筒的堆上，居高临下，监察一群小孩子做工，又拿孟姜女万喜良唱本书念给大家听。主任的书已唱过多日了，故事小孩子全能背诵如流，主任还是一面看，一面唱，一字不苟且的唱过。间或有什么人来到修械处了，有事同主任商询，主任也还是用唱歌的章法同来人谈话，正像这个人成天吃酒不醉，却极容易醉到他自己的歌声里。

我在扯炉厌烦以后，是也常常爬到过铁堆上玩的。我爱这一屋子里全身是煤烟与铁锈的人，也极欢喜那些"三角"，"长方"，"圆条"，硬朗实在的大小铁器。还有那沙罐，有狗肉香狗肉，无狗肉时煎豆腐干也仍然不缺少狗肉香味，不拘挂到什么地方我总能发现它。

谈到天气，辛寿他们是没有兵士们那样发愁的。天气越冷他们生活越痛快，一是吃肉的机会多，一是做事。在大冷天，我们营里火夫穿厚棉军服臃肿像人熊，辛寿他们一定还是赤裸露出又小又脏的肩膊做事。他们身上好像成天吃狗肉也仍然没有脂肪的积蓄，但每一个人身体的健全，则仿佛把每人拿来每天饱打一顿以后，还放雨露中两点钟也不至于伤风。

明天是场期，应当早早的睡，所以凡是不在夜中赌钱的，全都很早就睡了。

# 我读一本小书同时又读一本大书

　　我能正确记忆到我小时的一切，大约在两岁左右。我从小到四岁左右，始终健全肥壮如一只小豚。四岁时母亲一面告给我认方字，外祖母一面便给我糖吃，到认完六百生字时，腹中生了蛔虫，弄得黄瘦异常，只得每天用草药蒸鸡肝当饭。那时节我即已跟随了两个姊姊，到一个女先生处上学。那人既是我的亲戚，我年龄又那么小；过那边去念书，坐在书桌边读书的时节较少，坐在她膝上玩的时间或者较多。

　　到六岁时我的弟弟方两岁，两人同时出了疹子，时正六月，日夜皆在吓人高热中受苦，又不能躺下睡觉，一躺下就咳嗽发喘，又不要人抱，抱时全身难受，我还记得我同我那弟弟两人当时皆用竹簟卷好，同春卷一样，竖立在屋中阴凉处。家中人当时业已为我们预备了两具小小棺木，搁在院中廊下，但十分幸运，两人到后居然全好了。我的弟弟病后雇请了一个壮实高大的苗妇人照料，照料得法，他便壮大异常。我因此一病，却完全改了样子，从此不再与肥胖为缘了。

六岁时我已单独上了私塾。如一般风气，凡是私塾中给予小孩子的虐待，我照样也得到了一份。但初上学时我因为在家中业已认字不少，记忆力从小又似乎特别好，故比较其余小孩，可谓十分幸福。第二年后换了一个私塾，在这私塾中我跟从了几个较大的学生，学会了顽劣孩子抵抗顽固塾师的方法，逃避那些书本去同一切自然相亲近。这一年的生活形成了我一生性格与感情的基础。我间或逃学，且一再说谎，掩饰我逃学应受的处罚。我的爸爸因这件事十分愤怒，有一次竟说若再逃学说谎，便当实行砍去我一个手指。我仍然不为这话所恐吓，机会一来时总不把逃学的机会轻轻放过。当我学会了用自己眼睛看世界一切，到一切生活中去生活时，学校对于我便已毫无兴味可言了。

我爸爸平时本极爱我，我曾经有一时还做过我那一家的中心人物。稍稍害点病时，一家人便光着眼睛不即睡眠，在床边服侍我，当我要谁抱时谁就伸出手来。家中那时经济情形很好，我在物质方面所享受到的，比起一般亲戚小孩似乎皆好得多。我的爸爸既一面只作将军的好梦，一面对于我却怀了更大的希望。他仿佛早就看出我不是个军人，不希望我作将军，却告给我祖父的许多勇敢光荣的故事，以及他庚子年间所得的一份经验。他以为我不拘作什么事，总之应比做个将军高些。第一个赞美我明慧的就是我的爸爸。可是当他发现了我成天从塾中逃出到太阳底下同一群小流氓游荡，任何方法都不能拘束这颗小小的心，且不能禁止我狡猾的说谎时，我的行为实在伤了这个军人的心。同时那小我四岁的弟弟，因为看护他的苗妇人照料十分得法，身体养育得强壮异常，年龄虽小，便显得气派宏大，凝静结实，且极自尊自爱，故家中人对我感到失望时，对他便异常关切起来。这小孩子到后来也并不辜负家中人的期望，二十二岁时便作了步兵上校。至于我那个爸爸，却在蒙古，东北，西藏，各处军队中混过，民国二十年时还只是一个上校，把将军希望留在弟弟身上，在家乡从一种极轻微的疾病中便瞑目了。

我有了外面的自由，对于家中的爱护反觉处处受了牵制，因此家中人疏忽了我的生活时，反而似乎使我方便了一些。领导我逃出学塾，尽我到日光下去认识这大千世界微妙的光，稀奇的色，以及万汇百物的动静，这人是我一个张姓表哥。他开始带我到他家中橘柚园中去玩，到各处山上去玩，到各种野孩子堆里去玩，到水边去玩。他教我说谎，用一种谎话对付家中，又用另一种谎话对付学塾，引诱我跟他各处跑去。即或不逃学，学塾为了担心学童下河洗澡，每度中午散学时，照例必在每人手心中用朱笔写一大字，我们尚依然能够一手高举，把身体泡到河水中玩个半天，这方法也亏那表哥想出的。我感情流动而不凝固，一派清波给予我的影响实在不小。我幼小时较美丽的生活，大部分都与水不能分离。我的学校可以说是在水边的。我认识美，学会思索，水对我有极大的关系。我最初与水接近，便是那荒唐表哥领带的。

现在说来，我在作孩子的时代，原本也不是个全不知自重的小孩子。我并不愚蠢。当时在一班表兄弟中和弟兄中，似乎只有我那个哥哥比我聪明，我却比其他一切孩子解事。但自从那表哥教会我逃学后，我便成为毫不自重的人了。在各样教训各样方法管束下，我不欢喜读书的性情，从塾师方面，从家庭方面，从亲戚方面，莫不对于我感觉得无多希望。我的长处到那时只是种种的说谎。我非从学塾逃到外面空气下不可，逃学过后又得逃避处罚，我最先所学，同时拿来致用的，也就是根据各种经验来制作各种谎话。我的心总得为一种新鲜声音，新鲜颜色，新鲜气味而跳。我得认识本人生活以外的生活。我的智慧应当从直接生活上得来，却不需从一本好书一句好话上学来。似乎就只这样一个原因，我在学塾中，逃学记录点数，在当时便比任何一人都高。

离开私塾转入新式小学时，我学的总是学校以外的，到我出外自食其力时，我又不曾在我职务上学好过什么。二十年后我"不安于当前事务，却倾心于现世光色，对于一切成例与观念皆十分怀疑，却常常为人生远景而凝眸"，这份性格的形成，便应当溯源于小时在私塾中的逃学习惯。

自从逃学成为习惯后，我除了想方设法逃学，什么也不再关心。

有时天气坏一点，不便出城上山里去玩，逃了学没有什么去处，我就一个人走到城外庙里去，那些庙里总常常有人在殿前廊下绞绳子，织竹簟，做香，我就看他们做事。有人下棋，我看下棋。有人打拳，我看打拳。甚至于相骂，我也看着，看他们如何骂来骂去，如何结果。因为自己既逃学，走到的地方必不能有熟人，所到的必是较远的庙里。到了那里，既无一个熟人，因此什么事皆只好用耳朵去听，眼睛去看，直到看无可看听无可听时，我便应当设计打量我怎么回家去的方法了。

来去学校我得拿一个书篮。逃学时还把书篮挂到手肘上，这就未免太蠢了一点。凡这么办的可以说是不聪明的孩子。许多这种小孩子，因为逃学到各处去，人家一见就认得出，上年纪一点的人见到时就会说：逃学的人，你赶快跑回家挨打去，不要在这里玩。若无书篮可不必受这种教训。因此我们就想出了一个方法，把书篮寄存到一个土地庙里去，那地方无一个人看管，但谁也用不着担心他的书篮。小孩子对于土地神全不缺少必需的敬畏，都信托这木偶，把书篮好好的藏到神座龛子里去，常常同时有五个或八个，到时却各人把各人的拿走，谁也不会乱动旁人的东西。我把书篮放到那地方去，次数是不能记忆了的，照我想来，搁的最多的必定是我。

逃学失败被家中学校任何一方面发觉时，两方面总得各挨一顿打，在学校得自己把板凳搬到孔夫子牌位前，伏在上面受笞。处罚过后还要对孔夫子牌位作一揖，表示忏悔。有时又常常罚跪至一根香时间。我一面被处罚跪在房中的一隅，一面便记着各种事情，想象恰如生了一对翅膀，凭经验飞到各样动人事物上去。按照天气寒暖，想到河中的鳜鱼被钓起离水以后拨剌的情形，想到天上飞满风筝的情形，想到空山中歌呼的黄鹂，想到树木上累累的果实。由于最容易神往到种种屋外东西上去，反而常把处罚的痛苦忘掉，处罚的时间忘掉，直到被唤起以后为止，我就从不曾在被处罚中感觉过小小冤屈。那不是冤屈。我应感谢那种处罚，使我无法同自然接近时，给我一个练习想象的机会。

家中对这件事自然照例不大明白情形，以为只是教师方面太宽的过失，因此又为我换一个教师。

我当然不能在这些变动上有什么异议。现在说来我倒又得感谢我的家中，因为先前那个学校比较近些，虽常常绕道上学，终不是个办法，且因绕道过远，把时间耽误太久时，无可托词。现在的学校可真很远很远了，不必包绕偏街，我便应当经过许多有趣味的地方了。从我家中到那个新的学塾里去时，路上我可看到针铺门前永远必有一个老人戴了极大的眼镜，低下头来在那里磨针。又可看到一个伞铺，大门敞开，做伞时十几个学徒一起工作，尽人欣赏。又有皮靴店，大胖子皮匠天热时总腆出一个大而黑的肚皮，（上面有一撮毛！）用夹板上鞋。又有剃头铺，任何时节总有人手托一个小小木盘，呆呆的在那里尽剃头师傅刮头。又可看到一家染坊，有强壮多力的苗人，踹在凹形石碾上面，站得高高的，偏左偏右的摇荡。又有三家苗人打豆腐的作坊，小腰白齿头包花帕的苗妇人，时时刻刻口上都轻声唱歌，一面引逗缚在身背后包单里的小苗人，一面用放光的铜勺舀取豆浆。我还必需经过一个豆粉作坊，远远的就可听到骡子推磨隆隆的声音，屋顶棚架上晾满白粉条。我还得经过一些屠户肉案桌，可看到那些新鲜猪肉砍碎时尚在跳动不止。我还得经过一家扎冥器出租花轿的铺子，有白面无常鬼，蓝面魔鬼，鱼龙，轿子，金童玉女，每天且可以从他那里看出有多少人接亲，有多少冥器，那些定做的作品又成就了多少，换了些什么式样，并且还常常停顿一两分钟，看他们贴金，敷粉，涂色。

我就欢喜看那些东西，一面看一面明白了许多事情。

每天上学时，照例手肘上挂了那个竹篮，里面放两本破书，在家中虽不敢不穿鞋，可是一出了大门，即刻就把鞋脱下拿到手上，赤脚向学校走去。不管如何，时间照例是有多余的，因此我总得绕一节路玩玩。若从西城走去，在那边就可看到牢狱，大清早若干人从那方面带了脚镣从牢中出来，派过衙门去挖土。若从杀人处走过，昨天杀的人还不收尸，一定已被野狗把尸首咋碎或拖到小溪中去了，就走过去看看那个糜碎了的尸体，或拾起一块小小石头，在那个污秽的头颅上敲打一下，或用一木棍去戳戳，看看会动不动。若还有野狗在那里争夺，就预先拾了许多石头放在书篮里，随手一一向野狗抛掷，不再过去，只远远的看看，就走开了。

　　既然到了溪边，有时候溪中涨了小小的水，就把裤管高卷，书篮顶在头上，一只手扶书篮一只手照料裤子，在沿了城根流去的溪水中走去，直到水深齐膝处为止。学校在北门，我出的是西门，又进南门，再绕从城里大街一直走去。在南门河滩方面我还可以看一阵杀牛，机会好时恰好正看到那老实可怜畜牲放倒的情形。因为每天可以看一点点，杀牛的手续同牛内脏的位置不久也就被我完全弄清楚了。再过去一点就是边街，有织簟子的铺子，每天任何时节皆有几个老人坐在门前用厚背的钢刀破篾，有两个小孩子蹲在地上织簟子。（这种事情在学校门边也有，我对于这一行手艺，所明白的种种，现在说来似乎比写字还在行。）又有铁匠铺，制铁炉同风箱皆占据屋中，大门永远敞开着，时间即或再早一些，也可以看到一个小孩子两只手拉着风箱横柄，把整个身子的分量前倾后倒，风箱于是就连续发出一种吼声，火炉上便放出一股臭烟同红光。待到把赤红的热铁拉出搁放到铁砧上时，这个小东西，赶忙舞动细柄铁锤，把铁锤从身背后扬起，在身面前落下，火花四溅的一下一下打着。有时打的是一把刀，有时打的是一件农具。有时看到的又是用·把凿子在未淬水的刀上起去铁皮，有时又是把一条薄薄的钢片嵌进熟铁里去。日子一多，关于任何一件机器的制造秩序我也不会弄错了。边街又有小饭铺，门前有个大竹筒，插满了用竹子削成的筷子，有干鱼同酸菜，用钵头装满放在门前柜台上，引诱主顾上门，意思好像是说："吃我，随便吃我，好吃！"每次我总仔细看看，真所谓过屠门而大嚼。

我最欢喜天上落雨，一落了小雨，若脚下穿的是布鞋，即或天气正当十冬腊月，我也可以用恐怕湿却鞋袜为辞，有理由即刻脱下鞋袜赤脚在街上走路。但最使人开心事，还是落过大雨以后，街上许多地方已被水所浸没，许多地方阴沟中涌出水来，在这些地方照例常常有人不能过身，我却赤着两脚故意向深水中走去。若河中涨了点水，照例上游会漂流得有木头，家具，南瓜同其他东西，就赶快到横跨大河的桥上去看热闹。桥上必已经有人用长绳系了自己的腰身，在桥头上呆着，注目水中，有所等待，看到有一段大木或一件值得下水的东西浮来时，就踊身一跃，骑到那树上，或傍近物边，把绳子缚定，自己便快快的向下游岸边洄去。另外几个在岸边的人把水中人援助上岸后，就把绳子拉着，或缠绕到大石上大树上去，于是第二次又有第二人来在桥头上等候。我欢喜看人在洄水里扳罾，巴掌大的活鱼在网中蹦跳。一涨了水照例也就可以看这种有趣味的事情。照家中规矩，一落雨就得穿上钉鞋，我可真不愿意穿那种笨重钉鞋。虽然在半夜时有人从街巷里过身，钉鞋声音实在好听，大白天对于钉鞋我依然毫无兴味。

若在四月落了点小雨，山地里田塍上各处皆是蟋蟀声音，真使人心花怒放。在这些时节，我便觉得学校真没有意思，简直坐不住，总得想方设法逃学上山去捉蟋蟀。有时没有什么东西安置这小东西，就走到那里去，把第一只捉到手后又捉第二只，两只手各有一只后，就听第三只。本地蟋蟀原分春秋二季，春季的多在田间泥里草里，秋季的多在人家附近石罅里瓦砾中，如今既然这东西只在泥层里，故即或两只手心各有一匹小东西后，我总还可以想方设法把第三只从泥土中赶出，看看若比较手中的大些，即开释了手中所有，捕捉新的，如此轮流换去，一整天方捉回两只小虫。城头上有白色炊烟，街巷里有摇铃铛卖煤油的声音，约当下午三点左右时，赶忙走到一个刻花板的老木匠那里去，很兴奋的同那木匠说：

"师傅师傅，今天可捉了大王来了！"

那木匠便故意装成无动于衷的神气，仍然坐在高凳上玩他的车盘，正眼也不看我的说："不成，要打打得赌点输赢！"

我说："输了替你磨刀成不成？"

"嗨，够了，我不要你磨刀，上次磨凿子还磨坏了我的家伙！"

这不是冤枉我的一句话，我上次的确磨坏了他的一把凿子。不好意思再说磨刀了，我说：

"师傅，那这样办法，你借给我一个瓦盆子，让我自己来试试这两只谁能干些好不好？"我说这话时真怪和气，为的是他以逸待劳，不允许我还是无办法。

那木匠想了想，好像莫可奈何的样子："借盆子得把战败的一只给我，算作租钱。"

我满口答应："那成那成。"

于是他方离开车盘，很慷慨的借给我一个泥罐子，顷刻之间我也就只剩下一只蟋蟀了。这木匠看看我捉来的虫还不坏，必向我提议："我们来比比，你赢了，我借你这泥罐一天；你输了，你把这蟋蟀输给我：办法公平不公平？"我正需要那么一个办法，连说公平公平，于是这木匠进去了一会儿，拿出一只蟋蟀来同我一斗，不消说，三五回合我的自然又败了。他用的蟋蟀照例却常常是我前一天输给他的。那木匠看看我有点颓丧，明白我认识那匹小东西，担心我生气时一摔，一面赶忙收拾盆罐，一面带着鼓励我神气笑笑的说：

"老弟，老弟，明天再来，明天再来！你应当捉好的来，走远一点。明天来，明天来！"

我什么话也不说，微笑着，出了木匠的大门，回家了。

这样一整天在为雨水泡软的田塍上乱跑，回家时常常全身是泥，家中当然一望而知，于是不必多说，沿老例跪一根香，罚关在空房子里，不许哭，不许吃饭。等一会儿我自然可以从姊姊方面得到充饥的东西，悄悄的把东西吃下以后，我也疲倦了，因此空房中即或再冷一点，老鼠来去很多，一会儿就睡着，再也不知道如何上床的事了。

即或在家中那么受折磨，到学校去时又免不了补挨一顿板子，我还是在想逃学时就逃学，决不为经验所恐吓。

有时逃学又只是到山上去偷人家园地里的李子枇杷，主人拿着长长的竹竿子大骂着追来时，就飞奔而逃，逃到远处一面吃那个赃物，一面还唱山歌气那主人。总而言之，人虽小小的，两只脚跑得很快，什么茨棚里钻去也不在乎，要捉我可捉不到，就认为这种事很有趣味。

可是只要我不逃学，在学校里我是不至于像其他那些人受处罚的。我从不用心念书，但我从不在应当背诵时节无法对付。许多书总是临时来读十遍八遍，背诵时节却居然琅琅上口，一字不遗。也似乎就由于这份小小聪明，学校把我同一般人的待遇，更使我轻视学校。家中不了解我为什么不想上进，不好好的利用自己聪明用功，我不了解家中为什么只要我读书，不让我玩。我自己总以为读书太容易了点，把认得的字记记那不算什么希奇。最希奇处应当是另外那些人，在他那份习惯下所做的一切事情。为什么骡子推磨时得把眼睛遮上？为什么刀得烧红时在水里一淬方能坚硬？为什么雕佛像的会把木头雕成人形，所贴的金那么薄又用什么方法作成？为什么小铜匠会在一块铜板上钻那么一个圆眼，刻花时刻得整整齐齐？这些古怪事情太多了。

　　我生活中充满了疑问，都得我自己去找寻答解。我要知道的太多，所知道的又太少，有时便有点发愁。就为的是白日里太野，各处去看，各处去听，还各处去嗅闻：死蛇的气味，腐草的气味，屠户身上的气味，烧碗处土窑被雨以后放出的气味，要我说来虽当时无法用言语去形容，要我辨别却十分容易。蝙蝠的声音，一只黄牛当屠户把刀割进它喉中时叹息的声音，藏在田塍土穴中大黄喉蛇的鸣声，黑暗中鱼在水面拨刺的微声，全因到耳边时分量不同，我也记得那么清清楚楚。因此回到家里时，夜间我便做出无数希奇古怪的梦。这些梦直到将近二十年后的如今，还常常使我在半夜里无法安眠，既把我带回到那个"过去"的空虚里去，也把我带往空幻的宇宙里去。

在我面前的世界已够宽广了，但我似乎就还得一个更宽广的世界。我得用这方面弄到的知识证明那方面的疑问。我得从比较中知道谁好谁坏。我得看许多业已由于好询问别人，以及好自己幻想，所感觉到的世界上的新鲜事情，新鲜东西。结果能逃学我逃学，不能逃学我就只好做梦。

照地方风气说来，一个小孩子野一点的照例也必需强悍一点，因此各处方能跑去。各处跑去皆随时会有一样东西在无意中扑到你身边来，或是一只凶恶的狗，或是一个顽劣的人。无法抵抗这点袭击，就不容易各处自由放荡。一个野一点的孩子，即或身边不必时刻刻带一把小刀，也总得带一削光的竹块，好好的插到裤带上；遇机会到时，就取出来当作军器，尤其是到一个离家较远的地方去看木傀儡戏，不准备厮杀一场简直不成。你能干点，单身往各处去，有人挑战时还只是一人近你身边来恶斗，若包围到你身边的顽童人数极多，你还可挑选同你精力不大相差的一人，你不妨指定其中之一个说：

"要打吗？你来。我同你来。"

到时也只那一个人拢来，被他打倒，你活该，只好伏在地上尽他压着痛打一顿。你打倒了他，他活该，你把他揍够后你当时可以自由走去，谁也不会追你，只不过说句"下次再来"罢了。

可是你根本上若就十分怯弱，即或结伴同行，到什么地方去时，也会有人特意挑出你来殴斗，应战你得吃亏，不答应你得被仇人与同伴两方面奚落，顶不经济。

感谢我那爸爸给了我一份勇气，人虽小，到什么地方去我总不吓怕。到被人围上必需打架时，我能挑出那些同我不差多少的人来，我的敏捷同机智，总常常占点上风。有时气运不佳，无意中被人摔倒，我还会有方法翻身过来压到别人身上去。在这件事上我只吃过一次亏，不是一个小孩，却是一只恶狗，把我攻倒后，咬伤了我一只手。我走到任何地方去皆不怕谁，同时又换了好些私塾，各处皆有些同学，并且互相皆逃过学，便有无数朋友，因此也不会同人打架了。可是自从被那只恶狗攻过一次以后，到如今我却依然十分怕狗。

至于我那地方的大人，用单刀在大街上决斗本不算回事。事情发生时，那些有小孩子在街上玩的母亲，也不过说："小杂种，站远一点，不要太近！"嘱咐小孩子稍稍站开点儿罢了。但本地军人互相砍杀虽不出奇，行刺暗算却不作兴。这类善于殴斗的人物，在当地另成一组，豁达大度，谦卑接物，为友报仇，爱义好施，且多非常孝顺。但这类人物为时代所陶冶，到民五以后也就渐渐消灭了，虽有些青年军官还保存那点风格，风格中最重要的一点洒脱处，却为了军纪一类影响，大不如前辈了。

我有三个堂叔叔，皆住在城南乡下，离城四十里左右。那地方名黄罗寨，出强悍的人同猛鸷的兽，我爸爸三岁时在那里差一点险被老虎咬去，我四岁左右，到那里第一天，就看见乡下人抬了一只死虎进城，给我留下极深刻的印象。

我还有一个表哥，住在城北十里地名长宁哨的乡下，从那里再过十里便是苗乡。表哥是一个紫色脸膛的人，一个守碉堡的战兵。我四岁时被他带到乡下去过了三天，二十年后还记得那个小小城堡黄昏来时鼓角的声音。

这战兵在苗乡有点势力，很能喊叫一些苗人。

每次来城时，必为我带一只小鸡或一点别的东西。一来为我说苗人故事，临走时我总不让他走。我欢喜他，觉得他比乡下叔父有趣。

## 我上许多课仍然不放下那一本大书

我改进了新式小学后，学校不背诵经书，不随便打人，同时也不必成天坐上桌边，每天不只可以在小院子中玩，互相扭打，先生见及，也不加以约束，七天照例又还有一天放假，因此我不必再逃学了。可是在那学校照例也就什么都不曾学到。每天上课时照例上上，下课时就遵照大的学生指挥，找寻大小相等的人，到操坪中去打架。一出门就是城墙，我们便想法爬上城去，看城外对河的景致。上学散学时，便如同往常一样，常常绕了多远的路，去看看那些木工手艺人新雕的佛像，贴了多少金。看看那些铸钢犁的人，一共出了多少新货。或者什么人家孵了小鸡，也常常不管远近必跑去看看。一到星期日，我在家中写了十六个大字后，就一溜出门，一直到晚，方回家中。

半年后家中母亲相信了一个亲戚的建议，以为应从城内第二初级小学换到城外第一小学，这件事实行后更使我方便快乐。新学校临近高山，校屋前后各处是树，同学又多，当然十分有趣。到这学校我仍然什么也不学得，字也不认多少，可是我倒学会了爬树。几个人一下课就各自检选一株合抱大梧桐树，看谁先爬到顶。我从这方面便认识约三十种树木的名称。因为爬树有时跌下或扭伤了脚，拉破了手，就跟同学去采药，又认识了十来种草药。我开始学会了钓鱼，总是上半天学钓半天鱼。我学会了采笋子，采蕨菜。后山上到春天各处是兰花，各处是可以充饥解渴的刺莓，在竹篁里且有无数雀鸟，我便跟他们认识了许多雀鸟且认识许多果树。去后山约一里左右，又有一个制瓷器的大窑，我们便常常过那里去看人制造一切瓷器，看一块白泥在各样手续下成为一个饭碗，或一件别种用具的情形。

学校环境使我们在校外所学的实在比校内课堂上多十倍，但在学校也学会了一件事，便是各人用刀在座位板下镌雕自己的名字。又因为学校有做手工的白泥，我们却用白泥摹塑教员的肖像，且各为取一怪名。"绵羊"，"耗子"，"老土地菩萨"，还有更古怪的称呼！在这些事情上我的成绩照例比学校功课好一点，但自然不能得到任何奖励。

照情形看来，我已不必逃学，但学校既不严格，四个教员恰恰又有我两个表哥在内，想要到什么地方去时，我便请假。看戏请假，钓鱼请假，甚至于几个人到三里外田坪中去看人割禾，也向老师请假。

那时我家中每年还可收取租谷三百石左右，到秋收时，我便同叔父或其他年长亲戚，往二十里外的乡下去，监视佃夫督促临时雇来的工人割禾。等到田中成熟禾穗已空，新谷装满白木浅缘方桶时便把新谷倾倒到大晒谷簟上来，与佃夫相对平分，其一半应归佃夫所有的，由他们去处置，我们把我家应得那一半，雇人押运回家。在那里最有趣处是可以辨别各种禾苗，认识各种害虫，学习捕捉蚱蜢分别蚱蜢。同时学用鸡笼去罩捕水田中的肥大鲤鱼鲫鱼，把鱼捉来即用黄泥包好塞到热灰里去煨熟分吃。又向佃户家讨小小斗鸡，且认识种类，准备带回家来抱到街上去寻找别人公雏作战。又从小农人处学习抽稻草心织小篓小篮，剥桐木皮作卷筒哨子，用小竹子作唢呐。有时捉得一个刺猬，有时打死一条大蛇，又有时还可跟叔父让佃户带到山中去，把雉媒抛出去，吹唿哨招引野雉，鸟枪里装上一把散碎铁砂同黑色土药，猎取这华丽骄傲的禽鸟。

为了打猎，秋末冬初我们还常常去佃户家。我最欢喜的是猎取野猪同黄麂，看他们下围，跟着他们乱跑，有一次还被他们捆缚在一株大树高枝上，看他们把受惊的黄麂从树下追赶过去。我又看过猎狐，眼看着一对狡猾野兽在一株大树根下转，到后这东西便变成了我叔父的马褂。

学校既然不必按时上课，其余的时间我们还得想出几件事情来消磨，到下午三点才能散学。几个人爬上城去，坐在大铜炮上看城外风光，一面拾些石头奋力向河中掷去，这是一个办法。另外就是到操场一角砂地上去拿顶翻斤斗，每个人轮流来作这件事，不溜刷的便仿照技术班办法，在那人腰身上缚一条带子，两个人各拉一端，翻斤斗时用力一抬，日子一多，便无人不会翻斤斗了。

因为学校有几个乡下来的同学，身体壮大异常，便有人想出好主意，提议要这些乡下人装成马匹，让较小的同学跨到马背上去，同另一匹马上另一员勇将来作战，在上面扭成一团，直到跌下地后为止。

这些作马匹的同学，总照例非常忠厚可靠，在任何情形下皆不卸责。作战总有受伤的，不拘谁人头面有时流血了，就抓一把黄土，将伤口敷上，全不在乎似的。我常常设计把这些人马调度得十分如法，他们服从我的编排，比一匹真马还驯服规矩。

放学时天气若还早一些，几个人不是上城去坐，就常常沿了城墙走去。有时节出城去看看，有谁的柴船无人照料，看明白了这只船的的确确无人时，几人就匆忙跳上了船，很快的向河中心划去。等一会儿那船主人来时，若在岸上和和气气地说：

"兄弟，兄弟，你们把船划回来。我得回家！"

遇到这种和平人时，我们也总得十分和气把船划回来，各自跳上了岸，让人家上船回家。若那人性格暴躁点，一见自己小船为一群胡闹的小将把它送到河中打着圈儿转，心中十分忿怒，大声的喊骂，说出许多恐吓无理的野话，那我们便一面回骂着，一面快快地把船向下游流去，尽他叫骂也不管它，到下游时几个人上了岸，就让这船搁在浅滩上不再理会了。有时刚上船坐定，即刻便被船主人赶来，那就得担当一份惊险了。船主照例知道我们受不了什么簸荡，抢上船头，把身体故意向左右连续倾侧不已，因此小船就在水面胡乱颠簸，一个无经验的孩子担心身体会掉到水中去，必惊骇得大哭不已。但有了经验的人呢，你估计一下，先看看是不是逃得上岸，若已无可逃避，那就好好地坐在船中，尽那乡下人的磨练，拼一身衣服给水湿透，你不慌不忙，只稳稳地坐在船中，不必作声告饶，也不必恶声相骂，过一会儿那乡下人看看你胆量不小，知道用这方法吓不了你，他就会让你明白他的行为不过是一种带恶意的玩笑，这玩笑到时应当结束了，必把手叉上腰边，向你微笑，抱歉似的微笑。

"少爷，够了，请你上岸！"

于是几个人便上岸了。有时不凑巧，我们也会为人用小桨竹篙一路追赶着打我们，还一路骂我们，只要逃走远一点点，用什么话骂来，我们照例也就用什么话骂回去，追来时我们又很快地跑去。

那河里有鳜鱼，有鲫鱼，有小鲇鱼，钓鱼的人多向上游一点走去。隔河是一片苗人的菜园，不涨水，从跳石上过河，到菜园里去看花买菜心吃的次数也很多。河滩上各处晒满了白布同青菜，每天还有许多妇人背了竹笼来洗衣，用木棒杵在流水中捶打，回声訇訇的从东城墙脚下应出。

天热时，到下午四点以后，满河中都是赤光光的身体。有些军人好事爱玩，还把小孩子，战马，看家的狗，同一群鸭雏，全部都带到河中来。有些人父子数人同来。大家皆在激流清水中游泳，不会游泳的便把裤子泡湿，扎紧了裤管，向水中急急的一兜，捕捉了满满的一裤空气，再用带子捆好，便成了极合用的水马，有了这东西，即或全不会漂浮的人，也能很勇敢地向水深处泅去。到这种人多的地方，照例不会被水淹死的，一出了什么事，大家皆很勇敢的救人。

我们洗澡可常常到上游一点去，那里人既很少，水又极深，对我们才算合式。这件事自然得瞒着家中人。家中照例总为我担忧，惟恐一不小心就会为水淹死。每天下午既无法禁止我出去玩，又知道下午我不会到米厂上去同人赌骰子，那位对于管拘我侦察我十分负责的大哥，照例一到饭后我出门不久，他也总得到城外河边一趟。人多时不能从人丛中发现我，就沿河去注意我的衣服，在每一堆衣服上来一分注意，一见到我的衣服，一句话不说，就拿起来走去，远远的坐到大路上，等候我要穿衣时来同他会面。衣裤既然在他手上，我不能不见他了，到后只好走上岸来，从他手上把衣服取到手，两人沉沉默默的回家，回去不必说什么，只准备一顿打。可是经过两次教训后，我即或仍然在河中洗澡，也就不至于再被家中人发现了。我可以搬些石头把衣压着，只要一看到他从城门洞边大路走来时，必有人告给我，我就快快的泅到河中去，向天仰卧，把全身泡在水中，只浮出一张脸一个鼻孔来，尽岸上那一个搜索也不会得到什么结果。有些人常常同我在一处，哥哥认得他们，看到了他们时，就唤他们：

"熊澧南，印鉴远，你见我兄弟吗？"

那些同学便故意大声答着：

"我们不知道，你不看看衣服吗？"

"你们不正是成天在一堆胡闹吗？"

"是呀，可是现在谁知道他在哪一片天底下？"

"他不在河里吗？"

"你不看看衣服吗？不数数我们的数目吗？"

这好人便各处望望，果然不见我的衣裤，相信我那朋友的答复不是句谎话，于是站在河边欣赏了一阵河中景致，又弯下腰拾起两个放光的贝壳，用他那双常若含泪发愁的艺术家眼睛赏鉴了一下，或坐下来取出速写簿，随意画两张河景的素描，口上嘘嘘打着唿哨，又向原来那条路上走去了。等他走去以后，我们便来模仿我这个可怜的哥哥，互相反复着前后那种答问。"熊澧南，印鉴远，看见我兄弟吗？""不知道，不知道，你自己不看看这里一共有多少衣服吗？""你们成天在一堆！""是呀！成天在一堆，可是谁知道他现在到哪儿去了呢？"于是互相浇起水来，直到另一个逃走方能完事。

有时这好人明知道我在河中，当时虽无法擒捉，回头却常常隐藏在城门边，坐在苗妇人小茅棚里，很有耐心的等待着，等到我十分高兴的从大路上同几个朋友走近身时，他便风快的同一只公猫一样，从那小棚中跃出，一把攫住了我衣领。于是同行的朋友就大嚷大笑，伴送我到家门口，才自行散去，不过这种事也只有三两次，我从经验上既知道这一着棋时，我进城时便常常故意慢一阵，有时且绕了极远的东门回去。

我人既长大了些，权利自然也多些了，在生活方面我的权利便是即或家中明知我下河洗了澡，只要不是当面被捉，家中可不能用爬搔皮肤方法决定我的应否受罚了。同时我的游泳自然也进步多了，我记到我能在河中来去泅过三次，至于那个名叫熊澧南的，却大约能泅过五次。

下河的事若在平常日子，多半是晚饭以后才去。如遇星期日，则常常几人先一天就邀好，过河上游一点棺材潭的地方去，泡一个整天，泅一阵水又摸一会鱼，把鱼从水中石底捉得，就用枯枝在河滩上烧来当点心。有时那一天正当附近十里二十里苗乡场集，就空了两只手跑到那地方去，玩一个半天。到了场上后，过卖牛处看看他们讨论价钱的样子，又过卖猪处看看那些大猪小猪，又到赌场上去看看那些乡下人一只手抖抖的下注，替别人担一阵心。又到卖山货处去，用手摸摸那些豹子老虎的皮毛，且听听他们谈到猎取这野物的种种经验。又到卖鸡处去，欣赏欣赏那些大鸡小鸡，我们皆知道什么鸡战斗时厉害，什么鸡生蛋极多。我们且各自把那些斗鸡毛色记下来，因为这些鸡照例当天全将为城中来的兵士和商人买去，五天以后就会在城中斗鸡场出现。我们间或还可在敞坪中看苗人决斗，用扁担或双刀互相拼命。小河边到了场期，照例来了无数小船，无数竹筏，竹筏上且常常有长眉秀目脸儿极白奶头高肿的青年苗族女人，用绣花大衣袖掩着口笑，使人看来十分舒服。我们来回走二三十里路，各个人两只手既是空空的，因此在场上什么也不能吃。间或谁一个人身上有一两枚铜元，就到卖狗肉摊边去割一块狗肉，蘸些咸水，平均分来吃吃。或者无意中谁一个在人丛中碰着了一位亲长，被问道："吃过点心吗？"大家正饿着，互相望了会儿，羞羞怯怯的一笑。那人知道情形了，便说："这成吗？不喝一杯还算赶场吗？"到后自然就被拉到狗肉摊边去，切一斤两斤肥狗肉，分割成几大块，各人来那么一块，蘸了盐水往嘴上送。

机会不好不曾碰到这么一个慷慨的亲戚，我们也依然不会瘪着肚皮回家。沿路有无数人家的桃树李树，果实全把树枝压得弯弯的，等待我们去为它们减除一分担负！还有多少黄泥田里，红萝卜大得如小猪头，没有我们去吃它，赞美它，便始终委屈在那深土里！除此以外路塍上无处不是莓类同野生樱桃，大道旁无处不是甜滋滋的枇杷，无处不可得到充饥果腹的东西。口渴时无处不可以随意低下头去喝水。即或任何东西没得吃，我们还是十分高兴，就为的是乡场中那一派空气，一阵声音，一分颜色，以及在每一处每一项生意人身上发出那一股臭味，就够使我们觉得满意！我们用各样官能吃了那么多东西，即使不再用口来吃喝也很够了。

到场上去我们还可以看各样水碾水碓，并各种形式的水车。我们必得经过好几个榨油坊，远远的就可以听到油坊中打油人唱歌的声音。一过油坊时便跑进去，看看那些堆积如山的桐子，经过些什么手续才能出油。我们只要稍稍绕一点路，还可以从一个造纸工作场过身，在那里可以看他们利用水力捣碎稻草同竹筱；用细篾帘子勺取纸浆作纸。我们又必需从一些造船的河滩上过身，有万千机会看到那些造船工匠在太阳下安置一只小船的龙骨，或把粗麻头同桐油石灰嵌进缝罅里补治旧船。

总而言之，这样玩一次，就只一次，也似乎比读半年书还有益处。若把一本好书同这种好地方尽我检选一种，直到如今我还觉得不必看这本用文字写成的小书，却应当去读那本用人事写成的大书。

我不明白我为什么就学会了赌骰子，大约还是因为每早上买菜，总可剩下三五个小钱，让我有机会傍近用骰子赌输赢的糕类摊上面，起始当三五个人蹲到那些戏楼下，把三粒骰子或四粒骰子或六粒骰子抓到手中，奋力向大土碗掷去，跟着它的变化喊出种种专门名词时，我真忘了自己也忘了一切。那富于变化的六骰子赌，七十二种"快""臭"，一眼间我皆能很得体地喊出它的得失。谁也不能在我面前占去便宜，谁也骗不了我。自从精明这一项事情以后，我家里这一早上若派我出去买菜，我就把买菜的钱去作注，同一群小无赖在一个有天棚的米厂上玩骰子，赢了钱自然全部买东西吃，若不凑巧全输掉时，就跑回来悄悄的进门找寻外祖母，从她手中把买菜的钱得到。

但这是件冒险的事，家中知道后可得痛打一顿，因此赌虽然赌，总只下一个铜子的注，赢了拿钱走去。输了也不再来，把菜少买一些，总可敷衍下去。

由于赌术精明我不大担心我输赢。我倒最希望玩个半天结果无输无赢。我所担心的只是正玩得十分高兴，忽然后领一下子为一只强硬有力的手攫定，一个哑哑的声音在我耳边响着：

"这一下捉到你了，这一下捉到你了！"

先是一惊。想挣扎可不成。既然捉定了，不必回头，我就明白我被谁捉到，且不必猜想，我就知道我回家去应受些什么款待，于是提了菜篮让这个仿佛生下来给我作对的人把我揪回去。这样过街可真无脸面，因此不是请求他放和平点抓着我一只手，总是在他不着意的情形下，忽然挣脱先行跑回家去，准备他回来时受罚。

每次在这件事上我受的罚都似乎略略过分了些，总是把一条绣花的白腰带缚定两手，系在空谷仓里，用鞭子打几十下，上半天不许吃饭，或是整天不许吃饭。亲戚中看到觉得十分可怜，便以为哥哥不应当这样虐待弟弟。但这样不顾脸面的去同一些乞丐赌博，给了家中多少气恼，我是不知道的。

我从那方面学会了些下等野话，在亲戚中身份似乎也就低了些。只是当十五年后，我能够用我各方面的经验写点故事时，这些粗话野话，却给了我许多帮助，增加了故事中人物的生命。

革命后本地设了女学校，我两个姊姊皆被送过女学校读书。我那时也欢喜过女学校去玩，就因为那地方有些新奇的东西。学校外边一点，有个做小鞭炮的作坊，从起始用一根细钢条，卷上了纸，送到木机上一搓，吱的一声就成了空心的小管子，再如何经过些什么手续，便成了燃放时巴的一声的小爆仗，被我看得十分熟习。我借故去瞧姊姊时总在那里看他们工作。我还可看他们烘焙火药，碓舂木炭，筛硫磺，配合火药的原料，因此明白制烟火用的药同制爆仗用的药，硝磺的分配分量如何不同。

一到女学校时，我必跑到长廊下去，欣赏那些平时不易见到的织布机器。那些机器钢齿轮互相衔接，一动它时全部皆转动起来，且发出一种异样陌生的声音，听来我总十分欢喜。我平时是个怕鬼的人，但为了欣赏这些机器，黄昏中我还敢在这儿逗留，直到她们大声呼喊各处找寻时，我才从廊下跑出。

当我转入高小那年，正是民国六年，我们那地方为了上年受蔡锷讨袁战事的刺激，感觉军队非改革不能自存，因此本地镇守署方面，设了一个军官团，前为道尹后改屯务处方面，也设了一个弁学校。另外还有一个教练兵士的学兵营，一个教导队。小小的城里多了四个军事学校，一切皆用较新方式训练，地方因此气象一新。由于常常可以见到这类青年学生结队成排在街上走过，本地的小孩，以及一些小商人，皆觉得学军事较有意思。有人与军官团一个教官作邻居的，要他在饭后课余教教小孩子，先在大街上操，到后却借了附近的军官团操场使用，顷刻之间便招集了一百人左右。

有同学在里面受过训练来的，精神比起别人来特别强悍，我们觉得奇怪。这同学就告我们一切，且问我愿不愿意去。并告我到里面后，每两月可以考选一次，配吃一份口粮，作守兵的，就可以补上名额当兵。在我生长那个地方，当兵不是耻辱。本地的光荣原本是从过去无数男子的勇敢搏来的。谁都希望当兵，因为这是年轻人一条出路，也正是年轻人唯一的出路。同学说及进技术班时，我就答应试来问问我的母亲，看看母亲的意见，这将军的后人，是不是仍然得从步卒出身。

那时节我哥哥已过热河找寻父亲去了，我因不受拘束，生活已日益放肆，母亲正想不出处置我的方法，因此一来，将军后人就决定去作兵役的候补者了。

# 我年轻时读什么书

每个人认了不少单字，到应当读书的年龄时，家中大人必为他选择种种"好书"阅读。这些好书在"道德"方面照例毫无瑕疵，在"兴味"方面也照例十分疏忽。中国的好书其实皆只宜于三四十岁人阅读，这些大人的书既派归小孩子来读，自然有很大的影响，就是使小孩子怕读书，把读书认为是件极其痛苦的事情。有些小孩从此成为半痴，有些小孩就永远不肯读书了。一个人真真得到书的好处，也许是能够自动看书时，就家中所有书籍随手取来一本两本加以浏览，因之对书发生浓厚兴趣，且受那些书影响成一个人。

我第一次对于书发生兴味，得到好处，是五本医书。（我那时已读完了《幼学琼林》与《龙文鞭影》，《四书》也已成诵。这几种书简直毫无意义。）从医书中我知道鱼刺卡喉时，用猫口中涎液可以治愈。小孩子既富于实验精神，家中恰好又正有一只花猫，因此凡家中人被鱼刺卡着时，我就把猫捉来，实验那丹方的效果。又知道三种治癣疥的丹方，其一，用青竹一段，烧其一端，就一端取汁，据说这水汁就了不得。其二，用古铜钱烧红淬入醋里，又是一种好药。其三，烧枣核存性，用鸡蛋黄炒焙出油来，调枣核末，专治瘌痢头。这部书既充满了有幻术意味的丹方，常常可实验，并且因这种应用上使我懂得许多药性，记得许多病名。

我第二次对于书发生兴味，得到好处，是一部《西游记》。前一书若养成我一点幼稚的实验的科学精神，后一书却培养了我的幻想。使我明白与科学精神相反那一面种种的美丽。这本书混合了神的尊严与人的谐趣——一种富于泥土气息的谐趣。当时觉得它是部好书，到如今尚以为比许多堂皇大著还好。它那安排故事刻画人物的方法，就是个值得注意的方法。读书人千年来，皆称赞《项羽本纪》，说句公道话，《项羽本纪》中那个西楚霸王，他的神气只能活在书生脑子里。至于《西游记》上的猪悟能，他虽时时刻刻腾云驾雾，（驾的是黑云！）依然是个人。他世故，胆小心虚，又贪取一点小便宜，而且处处还装模作样，却依然是个很可爱的活人。读者——尤其是青年读者——若想在书籍中找寻朋友，猪悟能比楚霸王好像更是个好朋友。

我第三次看的是一部兵书，上面有各种套彩阵营的图说，各种火器的图说，看来很有趣味。家中原本愿意我世袭云骑尉，我也以为将门出将是件方便事情。不过看了那兵书残本以后，他给了我一个转机。第一，证明我体力不够统治人；第二，证明我行为受拘束忍受不了，且无拘束别人行为的兴味。而且那书上几段孙吴治兵的心法，太玄远抽象了，不切于我当前的生活，从此以后我的机会虽只许可我作将军，我却放下这种机会，成为一个自由人了。

这三种书帮助我，影响我，也就形成我性格的全部。

# 我怎么就写起小说来

## 一 星星之火

年前九月里，我过南京有事，看了个文化跃进展览会，因为特殊情形，只能用一个多钟点，匆匆忙忙的从三大楼陈列室万千种图表物品面前走过。留在印象中极深刻的，是农村广大人民群众戏剧和诗歌创作的活动。记得搁在二楼陈列案上有三个大蒲包，每个蒲包都装得满满的，可能有二三十斤重。这种蒲包向例是装江南农村副产物菱芡、笋干、芋艿或盐板鸭等，这回也并不完全例外，原来装的是大跃进后江苏省×县×乡一种崭新农业副产物，有关人民公社化后生产大跃进的诗歌！每一包中都有几万——或过十万首来自农村，赞美生活、歌颂集体、感谢共产党毛主席的素朴而热情的诗歌，正和屏风墙上五彩鲜明新壁画一样，反映的全是中国农村新面貌。事情是崭新的，诗歌内容感情也是崭新的，让我们可体会到，此后全国广大土地上，凡有草木生长处，凡有双手劳动处，到另外一时，都可望长出茂盛的庄稼，硕大的瓜果，和开放万紫千红的花朵。同时，还必然可看到无数赞美劳动伟大成就的崭新壁画和诗歌，这还只不过是一种新的起始，已显明指示出今后社会发展的必然。古话说"星星之火可燎原"，这些正是祖国新的文化建设全面发展的星火。它和大小炼铁炉一样，在全国范围内燃起的红光烛天的火焰，将促进我国工业发展的速度，改变工业建设的布局，和科学文化发展的面貌。到不久将来，地面将矗起长江三峡能发电二千五百万千瓦的大水坝，而且还一定会要把巨大的人造卫星送上天空！人人都会作诗，诗歌将成为人类向前一种新的动力，使得十三亿只勤劳敏捷的手，在一定计划中动得更有节奏。任何一伟大的理想，到时也都可望成为现实！这些诗歌给我的启发是这样的。

　　我对于这些新的诗歌发生特别感情，除上述种种外，还有另外一个原因，即四十年前，最初用笔写作，表示个人情感和愿望，也是从作诗起始的。不过作诗心境可完全不同，因为距今已将近半个世纪，生活的时代和现在比，一个是地狱，一个是天堂，完全是两个时代，两种世界。

## 二 我在怎样环境中受教育

我生于一九〇二年，去太平天国革命还不多远，同乡刘军门从南京抢回的一个某王妃做姨太太还健在。离庚子事变只两年，我的父亲是在当时守大沽口的罗提督身边做一名小将。因此小时候还有机会听到老祖母辈讲"长毛造反官兵屠城"的故事，听我父亲讲华北人民反帝斗争的壮烈活动和凄惨遭遇。随后又亲眼见过"辛亥革命"在本县的种种。本地人民革命规模虽不怎么大，但给我印象却十分现实，眼见参加攻城的苗族农民，在革命失败后，从四乡捉来有上千人死亡，大量血尸躺在城外对河河滩上。到后光复胜利，旧日皇殿改成陆军讲武堂，最大一座偶像终于被人民推翻了。不多久，又眼见蔡锷为反对袁世凯做皇帝，由云南起义率军到湘西麻阳芷江一带作战，随后袁世凯也倒了……这些事件给我留下那么一个总印象，这个世界是在"动"中，地球在"动"，人心也在"动"，并非固定不移，一切必然向合理前进发展。衙门里的官，庙宇中的菩萨，以至于私塾中竖起焦黄胡子，狠狠用楠竹板子打小学生屁股的老师，行为意图都是努力在维持那个"常"，照他们说是"纲常"，万古不废的社会制度和人的关系，可是照例维持不住。历史在发展，人的思想情感在发展，一切还是要"动"和"变"。试从我自己说起，我前后换了四个私塾，一个比一个严，但是即使当时老师板子打得再重些，也还要乘机逃学，因为塾中大小书本过于陈旧，外面世界却尽广阔而新鲜！于是我照例常常把书篮寄存到一个土地堂的土地菩萨身后，托他照管，却洒脚洒手跑到十里八里远乡场上去看牛马牲口交易，看摆渡和打铁，看打鱼榨油和其他种种玩意儿，从生活中学到的永远比从旧书本子学的，既有趣味又切实有用得多。随后又转入地方高小，总觉得那些教科书和生活现实还是距离极大。学校中用豌豆做的手工，就远不如大伙到河边去帮人扳罾磨豆腐有意思。因此勉强维持到县里高小毕业，还是以野孩子身份，离开了家，闯入一个广大而陌生的社会里，让生活人事上的风吹雨打，去自谋生存了。

初离开了家，我怎么能活下来？而且在许多可怕意外变故中，万千同乡同事都死去后，居然还能活下来，终于由这个生活教育基础上，到后且成为一个小说作者？在我写的那个自传上，曾老老实实记下了一些节目。其实详细经过，情形却远比狄更司写的自传式小说还离奇复杂得多。由于我们所处的时代社会，也离奇复杂得多。这里且说说我飘荡了几年后，寄住在一个土著小小军阀部队中，每天必待人开饭后，才赶趁走拢去把桌上残余收拾扫荡，每晚在人睡定后，才悄悄睡下去，拉着同乡一截被角盖住腹部免得受凉。经过约半年光景，到后算是有了一个固定司书名分了。

一九一九年左右，我正在这个官军为名、土匪为实的土军阀部队里，做一名月薪五元六毛的司书生。这个部队大约有一百连直辖部队，和另外几个临时依附收编的特种营旅，分布于川湘鄂边境现属湘西土家族苗族自治州十多县境内，另外，自治州以外的麻阳、沅陵、辰溪、桃源，以及短时期内酉阳、秀山、龙潭也属防军范围，统归一个"清乡剿匪总司令"率领。其实说来，这一位司令就是个大土匪。部队开支省府照例管不着，得自己解决，除所属各县水陆百货厘金税款，主要是靠抽收湘西十三县烟土税、烟灯税、烟亩税、烟苗税和川黔烟帮过境税。鸦片烟土在这个地区既可代替货币流行，也可代替粮食。平时发饷常用烟土，官士赌博、上下纳贿送礼全用烟土。烟土过境经常达八百挑一千挑，得用一团武装部队护送，免出事故。许多二十多岁年青人，对烟土好坏，只需手捏捏鼻闻闻，即能决定产地和成分。我所在的办公处，是保靖旧参将衙门一个偏院，算是总部书记处，大小六十四个书记，住在一个大房间中，就地为营，便有四十八盏烟灯，在各个床铺间燃起荧荧碧焰，日夜不熄。此外由传达处直到司令部办公厅，例如军需、庶务、军械、军医、参谋、参军、副官、译电等处，不拘任何一个地方，都可发现这种大小不一的烟灯群。军械和军需处，经常堆积满房的，不是什么弹药和武器装备，却是包扎停当等待外运的烟土。一切简直是个毒化国家毒化人民的小型地狱，但是他们存在的名分，却是为人民"清乡剿匪，除暴安良"。被杀的人绝大部分是十分善良或意图反抗这种统治的老百姓！

我就在这样一个部队中工作和生活。每天在那个有四十八盏鸦片烟灯的大厅中，一个白木办公桌前，用小"绿颖"毛笔写催烟款查烟苗的命令，给那些分布于各县的一百连杂牌队伍，和许许多多委员、局长、督查、县知事。因为是新来人，按规矩工作也得吃重点。那些绝顶聪敏同事，就用种种理由把工作推给我，他们自己却从从容容去吸烟、玩牌、摆龙门阵。我常常一面低头写字，一面听各个床铺间嘘嘘吸烟声音，和同事间谈狐说鬼故事，心中却漩起一种复杂离奇不可解感情。似乎陷入一个完全孤立情况中，可是生活起居又始终得和他们一道，而且称哥唤弟。只觉得好像做梦一样，可分明不是梦。

但一走出这个大衙门，到山上和河边去，自然环境却惊人美丽，使我在这种自然环境中，倒极自然把许多种梦想反而当成现实，来抵抗面前另外一种腐烂怕人的环境。

"难道世界上还有比这些人更奇怪的存在？书上也没有过，这怎么活得下去？"

事实上当时这些老爷或师爷，却都还以为日子过得怪好的。很多人对于吸大烟，即认为是一种人生最高的享受。譬如我那位顶头上司书记长，还是个优级师范毕业生，本地人称为"洋秀才"，读过《大陆杂志》和老《申报》，懂得许多新名词的，就常常把对准火口的烟枪暂时挪开，向我进行宣传：

"老弟，你来吸一口试试吧。这个妙，妙，妙！你只想想看，天下无论吃什么东西都得坐下来吃，只有这个宝贝是睡下来享受，多方便！好聪敏的发明，我若做总统，一定要给他个头等文虎章！"

有时见我工作过久，还充满亲切好意，夹杂着一点轻微嘲笑和自嘲，举起烟枪对我殷勤劝驾：

"小老弟，你这样子简直是想做圣贤，不成的！事情累了半天，还是来唆一口吧。这个家伙妙得很！只要一口半口，我保你精精神神，和吃人参果一样。你怕什么？看看这房里四十八盏灯，不是日夜燃着，哥子弟兄们百病不生！在我们这个地方，只能做神仙，不用学圣贤——圣贤没用处。人应当遇事随和，不能太拘迁古板。你担心上瘾，哪里会？我吸了二十年，想戒就戒，决不上瘾。不过话说回来，司令官如果要下令缴我这枝老枪，我可坚决不缴，一定要拿它战斗到底。老弟，你可明白我意思？为的是光吸这个，百病痊愈，一天不吸，什么老病不用邀请通回来了。拿了枪就放不下。老弟你一定不唉，我就又有偏了！"

我因为平时口拙，不会应对，不知如何来回答这个上司好意，照例只是笑笑。他既然说明白我做圣贤本意是一个"迂"字，说到烟的好处又前后矛盾，我更不好如何分辩了。

其实当时我并不想做什么"圣贤"。这两个字和生活环境毫无关联。倒乐意做个"诗人"，用诗来表现个人思想情感。因为正在学写五七言旧诗，手边有部石印唐人诗选，上面有李白、杜甫、元稹、白居易、高适、岑参等人作品。杜甫诗的内容和白居易诗的表现方法，我比较容易理解，就学他们押韵填字。我手中能自由调遣的文字实在有限，大部分还是在私塾中读"云对雨，雪对风，晚照对晴空"记来的，年龄又还不成熟到能够显明讽刺诅咒所处社会环境中，十分可恶可怕的残忍、腐败、堕落、愚蠢的人和事，生活情况更不能正面触及眼面前一堆实际问题。虽没有觉得这些人生活可羡，可还不曾想到另外什么一种人可学。写诗主要可说，只是处理个人一种青年朦胧期待发展的混乱感情。常觉得大家这么过日子下去，究竟为的是什么？实在难于理解。难道辛亥革命就是这么的革下去？

在书记处六十四个同事中，我年纪特别小，幻想却似乎特别多。《聊斋志异》、《镜花缘》、《奇门遁甲》这些书都扩大了我幻想的范围。最有影响的自然还是另外一些事物。我眼看到因清乡杀戮过大几千农民，部分是被压迫铤而走险上山落草的，部分却是始终手足贴近土地的善良农民，他们的死只是由于善良。有些人被杀死家被焚烧后，还牵了那人家耕牛，要那些小孩子把家长头颅挑进营中一齐献俘。我想不出这些做官的有道理或有权力这么做。一切在习惯下存在的我认为实不大合理。但是我并没有意识到去反抗或否认这一切。我明白同事中说的"做圣贤"不过是一种讽刺，换句明白易懂话说就是"书呆子气"，但还是越来越发展了这种书呆子气。最明显的即是越来越和同事缺少共同语言和感情。另一方面却是份上工作格外多，格外重，还是甘心情愿不声不响做下去。我得承认，有个职业才能不至于倒下去。当时那个职业，还是经过半年失业才得来的！

其时有许多同事同乡，年纪还不过二十来岁，因为吸烟，都被烟毒熏透，瘦得如一支"烟腊狗"一样，一个个终日摊在床铺上。日常要睡到上午十一点多，有的到下午二三点，才勉强从床上爬起来，还一面大打哈欠，一面用鼻音骂小护兵买点心不在行。起床后，大家就争着找据点，一排排蹲在廊檐下阶沿间刷牙，随后开饭，有的每顿还得喝二两烧酒，要用烧腊香肠下酒。饭后就起始过瘾。可是这些老乡半夜里过足瘾时，却精神虎虎，潇洒活泼简直如吕洞宾！有些年逾不惑，前清读过些《千家诗》和《古文笔法百篇》、《随园诗话》、《聊斋志异》的，半夜过足瘾时，就在烟灯旁朗朗的诵起诗文来。有的由《原道》到前后《出师表》、《圆圆曲》，都能背诵如流，一字不苟，而且音调激昂慷慨，不让古人。有的人又会唱高腔，能复述某年月日某戏班子在某地某庙开锣，演出某一折戏，其中某一句字荒腔走板的事情，且能用示范原腔补充纠正。记忆力之强和理解力之高，也真是世界上稀有少见。又有人年纪还不过三十来岁，由于短期委派出差当催烟款监收委员，贪污得几百两烟土，就只想娶一房小老婆摆摆阔，把当前计划和二十年后种种可能麻烦都提出来，和靠灯同事商讨办法的。有人又到处托人买《奇门遁甲》，深信照古书中指示修炼，一旦成功，就可以和济公一样，飞行自在，到处处世救人，打富济贫。且有人只想做本地开糖房的赘婿，以为可以一生大吃酥糖糍粑。真所谓"人到一百，五艺俱全"，信仰愿望，无奇不有。而且居多还想得十分有趣。全是烟的催眠麻醉结果。

这些人照当时习惯，一例叫做"师爷"。从这些同事日常生活中，我真可说是学习了许多许多。

此外，又还有个受教育对我特别有益的地方，即一条河街和河码头。那里有几十家从事小手工业市民，专门制作黄杨木梳子、骨牌、棋子和其他手工艺品，生产量并不怎么大，却十分著名，下行船常把它带到河下游去，越湖渡江，直到南北二京。河码头还有的是小铁匠铺和竹木杂货铺，以及专为接待船上水手的特种门户人家，经常还可从那里听到弹月琴唱小曲玎玎琮琮声音。河滩上经常有些上下酉水船只停泊，有水手和造船匠人来人去。虽没法和这些人十分相熟，可是却有机会就眼目见闻，明白他们的生活和工作。和他们可说的话，也似乎比同事面前多一些，且借此知道许许多多河码头事情。两相比较下，当时就总觉得这些自食其力的普通劳动者生活，比起我们司令部里那些"师爷"或"老爷"，不仅健康得多，道德得多，而且也有趣得多。即或住在背街上，专为接待水手和兵士的"暗门头"半开门人物，也还比"师爷"、"老爷"更像个人。这些感想说出来当然没有谁同意，只会当我是个疯子。事实上我在部分年青同事印象中，即近于有点疯头疯脑。

我体力本来极差，由于长时期营养不良，血液缺少黏合力，一病鼻子就得流血，因此向上爬做军官的权势欲没有抬头机会。平时既不会说话，对人对事又不会出主意，因此做参谋顾问机会也不多。由于还读过几本书，知道点诗词歌赋，面前一切的刺激和生活教育，不甘随波逐流就得讲求自救，于是近于自卫，首先学坚持自己，来抵抗生活行为上的同化和腐蚀作用。反映到行为中，即尽机会可能顽强读书，扩大知识领域。凑巧当时恰有个亲戚卸任县长后，住在对河石屋洞古庙里作客，有半房子新旧书籍，由《昭明文选》到新小说，什么都有。特别是林译小说，就有一整书箱。狄更司的小说，真给了我那时好大一份力量！

从那种情形下，我体会到面前这个社会许多部分都正在发霉腐烂，许多事情都极不合理，远比狄更司文学作品中所表现的英国社会还野蛮恶劣。一切像是被什么人安排错了，得有人重新想个办法。至于要用一个什么办法才能回复应有的情况，我可不知道。两次社会革命虽在我待成熟生命中留下些痕迹，可并不懂得第三回社会大革命已在酝酿中，过不多几年就要在南中国爆发。因为记起"诗言志"的古义，用来表现我这些青春期在成熟中，在觉醒中，对旧社会，对身边一切不妥协的朦胧反抗意识，就是作诗。大约有一年半时间，我可能就写了两百首五七言旧体诗。呆头呆脑不问得失那么认真写下去，每一篇章完成却照例十分兴奋。有时也仿苏柳体填填小词，居然似通非通能缀合成篇。这些诗词并没有一首能够留下，当时却已为几个迎面上司发生兴趣，以为"人虽然有些迂腐，头脑究竟还灵活，有点文才"。还有个拔贡出身初级师范校长，在我作品上批说"有老杜味道"，真只有天知道！除那书记长是我的经常读者外，另还有个胖大头军法官，和一个在高级幕僚中极不受尊敬，然而在本地小商人中称"智多星"的顾问官，都算是当年读我作品击节赞许的大人物。其实这些人的生活就正是我讽刺的对象。这些人物，照例一天只是伴陪司令老师长坐在官厅里玩牌，吃点心，吸烟，开饭喝茅台酒，打了几个饱嗝后，又开始玩牌……过日子永远是这么空虚、无聊。日常行为都和果哥里作品中人物一样，如漫画一般，甚至于身体形象也都如漫画一般局部夸张。这些人都读过不少书，有的在辛亥时还算是维新派，文的多是拔贡举人，武的多毕业于保定军校，或湖南弁备学校。腐化下来，却简直和清末旧官僚差不多，似乎从没思索过如何活下来才像个人，全部人生哲学竟像只是一个"混"字。跟着老师长混，"有饭大家吃"，此外一切废话。

一九三五年左右，我曾就这些本地"伟人"生活，写过一个短篇小说，名叫《顾问官》，就是为他们画的一幅速写相，虽十分简单，却相当概括逼真。当时他们还在做官，因担心笔祸，不得不把故事发生地点改成四川。其实同样情形，当时实遍布西南，每省每一地区都有那种大小军阀和幕僚，照着我描写的差不多或更糟一些，从从容容过日子。他们看到时，不过打个哈哈完事，谁也不会在意。

我的诗当时虽像是有了出路，情感却并没有真正出路。因为我在那些上司和同事间，虽同在一处，已显明是两种人，对于生存意义的追求全不相同，决裂是必然的。但是如果没有一种外来的强大吸引力或压力，还是不可能和那个可怕环境决绝分开的。在一般同事印象中，我的"迂"正在发展，对社会毫无作用，对自身可有点危险，因为将逐渐变成一个真正疯子。部队中原有先例，人一迂，再被机伶同事寻开心，想方设法逗弄，或故意在他枕下鞋里放条四脚蛇，或半夜里故意把他闹醒，反复一吓一逗，这同事便终于疯了。我自然一时还不到这个程度。

真正明白我并不迂腐的，只有给我书看那个亲戚。他是本县最后一个举人，名叫聂仁德，字简堂，作的古文还曾收入清代文集中。是当时当地唯一主张年青人应当大量向外跑，受教育、受锻炼、找寻出路的一个开明知识分子。

我当时虽尽在一种孤立思维苦闷中挣扎，却似乎预感到，明天另外一个地方还有份事业待我去努力完成。生命不可能停顿到这一点上。眼前环境只能使我近于窒息，不是疯便是毁，不会有更合理的安排。我得想办法自救。一时自然还是无办法可得。

因为自己写诗，再去读古诗时，也就深入了一些。和青春生命结合，曹植、左思、魏徵、杜甫、白居易等人对世事有抱负有感慨的诗歌，比起描写景物叙述男女问题的作品，于是觉得有斤两有劲头得多。这些诗歌和林译小说一样，正在坚强我、武装我，充实增加我的力量，准备来和环境中一切作一回完全决裂。但这自然不是一件简单事情。到这个部队工作以前，我曾经有过一年多时间，在沅水流域好几个口岸各处漂流过，在小旅馆和机关做过打流食客，食住两无着落。好容易有了个比较固定的职业，要说不再干下去，另找出路，当然事不简单。我知道世界虽然尽够广大，到任何一处没有吃的就会饿死。我等待一个新的机会。生活教育虽相当沉重，但是却并不气馁，只有更加坚强。这里实在不是个能呆下去的地方，中国之大，一定还有别的什么地方比这里生存得合理一些。《孟子》几句话给了我极大鼓舞，我并没有觉得有个什么天降大任待担当，只是天真烂漫的深深相信老话说的"天无绝人之路"，一个人存心要活得更正当结实有用一点，决不会轻易倒下去的。


三　一点新的外力，扩大了我的幻想和信心


过不多久，"五四"余波冲击到了我那个边城僻地。先是学习国语注音字母的活动，在部队中流行，引起了个学文化浪潮。随后不久地方十三县联立中学和师范办起来了，并办了个报馆，从长沙聘了许多思想前进年青教员，国内新出版的文学和其他书刊，如《改造》、《向导》、《新青年》、《创造》、《小说月报》、《东方杂志》，和南北大都市几种著名报纸，都一起到了当地中小学教师和印刷工人手中，因此也辗转到了我的手中。正在发酵一般的青春生命，为这些刊物提出的"如何做人"和"怎么爱国"等等抽象问题燃烧起来了。让我有机会用些新的尺寸来衡量客观环境的是非，也得到一种新的方法、新的认识，来重新考虑自己在环境中的位置。国家的问题太大，一时说不上。至于个人的未来，要得到正当合理的发展，是听环境习惯支配，在这里向上爬做科长、局长、县长……还是自己来重新安排一下，到另外地方去，做一个正当公民？这类问题和个空钟一样，永远在我思想里盘旋不息。

于是做诗人的兴趣，不久即转移到一个更切实些新的方向上来。由于五四新书刊中提出些问题，涉及新的社会理想和新的做人态度，给了我极大刺激和鼓舞。我起始进一步明确认识到个人和社会的密切关系，以及文学革命对于社会变革的显著影响。动摇旧社会，建立新制度，做个"抒情诗人"似不如做个写实小说作家工作扎实而具体。因为后者所表现的，不仅情感或观念，将是一系列生动活泼的事件，是一些能够使多数人在另外一时一地，更容易领会共鸣的事件。我原本看过许多新旧小说，随同五四初期文学运动而产生的白话小说，文字多不文不白，艺术水平既不怎么高，故事又多矫揉造作，并不能如唐代传奇明清章回吸引人。特别是写到下层社会的人事，和我经验见闻对照，不免如隔靴搔痒。从我生活接触中所遇到的人和事情，保留在我印象中，以及身边种种可笑可怕腐败透顶的情形，切割任何一部分下来，都比当时报刊上所载的新文学作品生动深刻得多。至于当时正流行的《小说作法》、《新诗作法》等书提出的举例材料和写作规矩方法，就更多是莫明其妙。加之，以鲁迅先生为首和文学研究会同人为首，对于外国文学的介绍，如耿济之、沈泽民对十九世纪旧俄作家，李劼人、李青崖对法国作家，以及胡愈之、王鲁彦等从世界语对于欧洲小国作家作品的介绍，鲁迅和其他人对于日本文学的介绍，创造社对于德国作家的介绍，特别是如像契诃夫、莫泊桑等短篇小说的介绍，增加了我对于小说含义范围广阔的理解，和终生从事这个工作的向往。认为写小说实在有意思，而且凡事从实际出发，结合生活经验，用三五千字把一件事一个问题加以表现，比写诗似乎也容易着笔，能得到良好效果。我所知道的旧社会，许许多多事情，如果能够用契诃夫或莫泊桑使用的方法，来加以表现，都必然十分活泼生动，并且大有可能超越他们的成就，得出更新的纪录。问题是如何用笔来表现它，如何得到一种适当的机会，用十年八年时间，来学习训练好好使用我手中这一枝笔。这件事对现在青年说来，自然简单容易，因为习文化学写作正受新社会全面鼓励，凡稍有创作才能的文化干部，都可望得到部分时间从事写作。但是四十年前我那种生活环境，希望学文学可就实在够荒唐。若想学会吸鸦片烟，将有成百义务教师，乐意为我服务。想向上爬做个知县，再讨两个姨太太，并不怎么困难就可达到目的。即希望继续在本地做个迂头迂脑的书呆子，也不太困难，只要凡事和而不同的下去，就成功了。如说打量要做个什么"文学作家"，可就如同说要"升天"般麻烦，因为和现实环境太不相称，开口说出来便成大家的笑话。

至于当时的我呢，既然看了一大堆书，想象可真是够荒唐，不仅想要做作家，一起始还希望做一个和十九世纪世界上第一流短篇作者竞短长的选手。私意认为做作家并不是什么大不了的事情，写几本书也平常自然，能写得比这一世纪高手更好，代表国家出面去比赛，才真有意义！这种想象来源，除了一面是看过许多小说，写得并不怎么好。其次即从小和野孩爬山游水，总是在一种相互竞争中进行，以为写作也应分是一种工作竞赛。既存心要尽一个二十世纪公民的责任，首先就得准备努力来和身边这四十八盏烟灯宣告完全决裂，重新安排生活和学习。我为人并不怎么聪敏，而且绝无什么天才，只是对学习有耐心和充满信心，深信只要不至于饿死，在任何肉体挫折和精神损害困难情形下，进行学习不会放松。而且无论学什么，一定要把它学懂，学通……于是在一场大病之后，居然有一天，就和这一切终于从此离开，进入北京城，在一个小客店旅客簿上写下姓名籍贯，并填上"求学"两个字，成为北京百万市民的一员，来接受更新的教育和考验了。

四　新的起点

和当时许多穷学生相同，双手一肩，到了百万市民的北京城，只觉得一切陌生而更加冷酷无情。生活上新的起点带来了新的问题，第一件事即怎么样活下去。第一次见到个刚从大学毕业无事可做的亲戚，问我：

"来做什么？"

我勇敢而天真的回答"来读书"时，他苦笑了许久：

"你来读书，读书有什么用？读什么书？你不如说是来北京城打老虎！你真是个天字第一号理想家！我在这里读了整十年书，从第一等中学到第一流大学，现在毕了业，还不知从哪里去找个小差事做。想多留到学校一年半载，等等机会，可做不到！"

但是话虽这么说，他却是第一个支持我荒唐打算的人，不久即介绍我认识了他老同学董秋斯。董当时在盔甲厂燕京大学念书，此后一到公寓不肯开饭时，我即去他那里吃一顿。后来农大方面也认识了几个人，曾经轮流到他们那里做过食客。其中有个晃县唐伯赓，大革命时牺牲在芷江县城门边，就是我在《湘行散记》中提及被白军钉在城门边示众三天，后来抛在沅水中喂鱼吃的一位朋友。

我入学校当然不可能，找事做无事可做，就住在一个小公寓中，用《孟子》上所说的"天将大任于斯人也，必先苦其心志，饿其体肤，戕伐其身心，行拂乱其所为……"① 来应付面临的种种。第一句虽不算数，因为我并没有什么大志愿，后几句可落实，因为正是面临现实。在北京零下二十八度严寒下，一件破夹衫居然对付了两个冬天，手足都冻得发了肿，有一顿无一顿是常事。好在年青气概旺，也并不感觉到有什么受不住的委屈。只觉得这社会真不合理。因为同乡中什么军师长子弟到来读书的，都吃得胖胖的，虽混入大学，什么也不曾学到。有的回乡时只学会了马连良的台步，和什么雪艳琴的新腔。但又觉得人各有取舍不同，我来的目的本不相同，必需苦干下去就苦干下去，到最后实在支持不下，再作别计。另一方面自然还是认识燕大农大几个朋友，如没有这些朋友在物质上的支持，我精神即再顽强，到时恐怕还只有垮台。

当时还少有人听说做"职业作家"，即鲁迅也得

---

① 此处引文系作者凭记忆所引，与《孟子》原文有误。引文见《告子下·舜发于畎亩之中章》，原文为："天将降大任于是人也，必先苦其心志，劳其筋骨，饿其体肤，空乏其身，行拂乱其所为……"

靠做事才能维持生活。记得郁达夫在北大和师大教书，有一月得三十六元薪水，还算是幸运。《晨报》上小副刊文章，一篇还不到一块钱稿费。我第一次投稿所得，却是三毛七分。我尽管有一脑子故事和一脑子幻想，事实上当时还连标点符号也不大会运用，又不懂什么白话文法。唯一长处只是因为在部队中做了几年司书，抄写能力倒不算太坏。新旧诗文虽读了不少，可是除旧诗外，待拿笔来写点什么时，还是词难达意。在报刊方面既无什么熟人，作品盼望什么编辑看中，当然不可能。唯一占便宜处，是新从乡下出来，什么天大困难也不怕，且从来不知什么叫失望，在最难堪恶劣环境中，还依旧满怀童心和信心，以为凡事通过时间都必然会改变，不合理的将日趋于合理。只要体力能支持得下去，写作当然会把它搞好。至于有关学习问题，更用不着任何外力鞭策，总会抓得紧紧的。并且认为战胜环境对我的苛刻挫折，也只有积极学习，别无办法。能到手的新文学书我都看，特别是从翻译小说学作品组织和表现方法，格外容易大量吸收消化，对于我初期写作帮助也起主导作用。

过了不易设想的一二年困难生活后，我有机会间或在大报杂栏类发表些小文章了。手中能使用的文字，其实还不文不白生涩涩的。好的是应用成语和西南土话，转若不落俗套有些新意思。我总是极单纯的想，既然目的是打量用它来作动摇旧社会基础，当然首先得好好掌握工具，必需尽最大努力来学会操纵文字，使得它在我手中变成一种应用自如的工具，此后才能随心所欲委曲达意表现思想感情。应当要使文字既能素朴准确，也能华丽壮美。总之，我得学会把文字应用到各种不同问题上去，才有写成好作品条件。因此到较后能写短篇时，每一用笔，总只是当成一种学习过程，希望通过一定努力能"完成"，可并不认为"成功"。其次是读书日杂，和生活经验相互印证机会也益多，因此也深一层明白一个文学作品，三几千字能够给人一种深刻难忘印象，必然是既会写人又能叙事，并画出适当背景。文字不仅要有分量，重要或者还要有分寸，用得恰到好处。这就真不简单，特别对我那么一个凡事得自力更生的初学写作者。我明白人是活在各种不同环境中的复杂生物，生命中有高尚的一面，也不免有委琐庸俗的一面。又由于年龄不同，知识不同，生活经验不同，兴趣愿望不同，即遇同一问题，表现意见的语言态度也常会大不相同。我既要写人，先得学好好懂人。已经懂的当然还不算多，待明白的受生活限制，只有从古今中外各种文学作品中拜老师。因之书籍阅读范围也越广，年纪轻消化吸收力强，医卜星相能看懂的大都看看。借此对于中国传统社会意识领域日有扩大，从中吸取许多不同的常识，这也是后来临到执笔时，得到不少方便原因。又因为从他人作品中看出，一个小说的完成，除文字安排适当或风格独具外，还有种种不同表现思想情感的方法，因而形成不同效果。我由于自己要写作，因此对于中外作品，也特别注意到文字风格和艺术风格，不仅仔细分析契诃夫或其他作家作品的特征，也同时注意到中国唐宋小说表现方法、组织故事的特征。到我自己能独立动手写一个短篇时，最大的注意力，即是求明白作品给读者的综合效果，文字风格、作品组织结构和思想表现三者综合形成的效果。

　　我知道这是个艰巨工作，又深信这是一项通过反复试验，最终可望做好的工作。因此每有写作，必抱着个习题态度，来注意它的结果。搞对了，以为这应说是偶然碰巧，不妨再换个不熟习的方法写写；失败了，也决不丧气，认为这是安排得不大对头，必需从新开始。总之，充满了饱满乐观的学习态度，从不在一个作品的得失成败上斤斤计较，永远追求做更多方面的试验。只是极素朴的用个乡下人态度，准备三十年五十年把可用生命使用到这个工作上来，尽可能使作品在量的积累中得到不断的改进和提高。

从表面看，我似乎是个忽然成熟的"五四"后期作家。事实上成熟是相当缓慢的。每一作品完成，必是一稿写过五六次以后。第一个作品发表，是在投稿上百回以后的事情。而比较成熟的作品，又是在出过十来本集子以后的事情。比起同时许多作家来，我实在算不得怎么聪敏灵活，学问底子更远不如人。只能说是一个具有中等才能的作者。每个人学习方法和写作习惯各有不同，很多朋友写作都是下笔千言，既速且好，我可缺少这种才分。比较上说来，我的写作方法不免显得笨拙一些，费力大而见功少。工作最得力处，或许是一种"锲而不舍久于其道"的素朴学习精神，以及从事这个工作，不计成败，甘心当"前哨卒"和"垫脚石"的素朴工作态度。由于这种态度，许多时候，生活上遭遇到种种不易设想的困难，统被我克服过来了。许多时候，工作上又遭遇到极大挫折，也终于支持下来了。这也应当说是得力于看书杂的帮助。千百种不同门类新旧中外杂书，却综合给我建立了个比较单纯的人生观，对个人存在和工作意义，都有种较素朴理解。觉得个人实在渺小不足道，但是一个善于使用生命的人，境遇不论如何困难，生活不论如何不幸，却可望在全个人类向前发展进程中，发生一定良好作用。我从事写作，不是为准备做伟人英雄，甚至于也不准备做作家，只不过是尽一个"好公民"责任。既写了，就有责任克服一切困难，来把它做好。我不希望做空头作家，只盼望能有机会照着文学革命所提出的大目标，来终生从事这个工作。在万千人共同作成的总成绩上，增加一些作品，丰富一些作品的内容。要竞赛，对象应当是世界上已存在的最高纪录，不能超过也得比肩。不是和三五同行争上下，争出路，以及用作品以外方法走捷径争读者。这种四十年前的打算，目前说来当然是相当可笑的。但当时却帮助我过了许多难关。

概括说来，就是我一面向自己弱点作战，顽强的学习下去，一面却耐烦热心，把全生命投入工作中。如此下去，过了几年后，我便学会了写小说，在国内新文学界，算是短篇作家成员之一了。一九二八年后由于新出版业的兴起，印行创作短篇集子容易有销路，我的作品因之有机会一本一本为书店刊印出来，分布到国内外万千陌生读者手中去。工作在这种鼓舞下，也因此能继续进行，没有中断。但是，当我这么学习用笔十年，在一九三五年左右，有机会从一大堆习作中，编印一册习作选，在良友公司出版时，仔细检查一下工作，才发现并没有能够完全符合初初从事这个工作时，对于文学所抱明确健康目的，而稍稍走了弯路。摇动旧社会基础工作，本来是件大事，必需有万千人从各方面去下手。但相互配合如已成社会规律时，我的工作，和一般人所采取的方法，不免见得不尽相同。我认为写作必需通过个人的高度劳动，来慢慢完成，不宜依赖其他方法。从表面看，工作方式和整个社会发展，似乎有了些脱节。我曾抱着十分歉意，向读者要求，不宜对我成就估计过高，期望过大，也不必对我工作完全失望。因为我明白自己的长处和弱点。正如作战，如需用文学作短兵，有利于速战速决，不是我笔下所长。如需要人守住阵地，坚持下去，十年二十年如一日，我却能做得到，而且是个好手。十年工作只是学习写作走完第一段路，我可走的路应当还远。盼望对我怀着善意期待的读者，再耐心些看看我第二个十年的工作。不料新的试验用笔，还刚写成三个小集，《边城》、《湘行散记》、《八骏图》，全国即进入全面抗战伟大历史时期。我和家中人迁住在云南滇池边一个乡下，一住八年。由于脱离生活，把握不住时代大处，这段期间前后虽写了七八个小集子，除《长河》、《湘西》二书外，其余作品不免越来越显得平凡灰暗，反不如前头十年习作来得单纯扎实。抗日胜利复员，回到北京几年中，就几乎再不曾写过一个有分量像样子篇章。解放十年来，则因工作岗位转到博物馆，做文物研究，发现新的物质文化史研究工作，正还有一大堆空白点，待人耐烦热心用个十年八年工夫来填补。史部学本非我所长，又不懂艺术，惟对于工艺图案花纹、文物制度，却有些常识。特别是数千年来，万千劳动人民共同创造发明的"食"与"衣"分不开的陶瓷、丝绸、漆玉花纹装饰图案，从来还没有人认真有系统研究过。十年来我因此在这些工作上用了点心。其次，博物馆是个新的文化工作机构，一面得为文化研究服务，另一面又还可为新的生产服务，我即在为人民服务一类杂事上，尽了点个人能尽的力。至于用笔工作，一停顿即将近十年，俗话说"拳不离手"，三十年前学习写作一点点旧经验，笔一离手，和打拳一样，荒疏下来，自然几乎把所有解数忘记了。更主要即是和变动的广大社会生活脱离，即用笔，也写不出什么有分量作品。十年来，社会起了基本变化，许许多多在历史变动中充满了丰富生活经验、战斗经验的年青少壮，在毛主席文艺思想指导下，已写出了千百种有血有肉纪念碑一般反映现实伟大作品，于国内外得到千百万读者的好评，更鼓舞着亿万人民为建设新中国而忘我劳动。老作家中，也有许许多多位，能自强不息，不断有新作品产生。

劳动态度和工作成就，都足为青年取法。相形之下，我的工作实在是已落后了一大截。过去一点习作上的成就，又显得太渺小不足道。只能用古人几句话自解："日月既出，天下大明，爝火可熄。"

一个人有一个人的限度，我本来是一个平凡乡下人，智力才分都在中等，只由于种种机缘，居然在过去一时，有机会参加这个伟大艰巨工作，尽了我能尽的力，走了一段很长的路……原来工作可说是独行踽踽，因此颠顿狼狈，而且不可免还时有错误，和时代向前的主流脱离。现在却已进入人民队伍里，成为我过去深深希望的"公民"之一员，踏踏实实，大步向共同目标走去……如今试回过头来，看看自己的过去，觉得实在没有丝毫可以骄傲处。但是一点做公民的努力，终于实现，也让我还快乐。因为可以说曾经挣扎过来，辛苦过来，和一些"袭先人之余荫"，在温室中长大的知识分子的生命发展，究竟是两种不同方式。也活得稍微扎实硬朗一些。但比起万千革命家的奋斗牺牲说来，我可真太渺小不足道了。

## 五 "跛者不忘履"

这是一句中国老话，意思是这个人本来如果会走路，即或因故不良于行时，在梦中或在日常生活中，还是会常常要想起过去一时健步如飞的情形，且乐于在一些新的努力中，试图恢复他的本来。这个比拟试用到我的情形上，或不怎么相称。因为几年来，我只是用心到新的工作上，旧的业务不免生疏了。以年龄说，虽行将六十岁，已不能如一个年青人腰腿劲强，但是在用笔工作上，应当还能爬山越岭健步如飞！在写作上，我还有些未完成的工作待完成。即在能够有机会比较从容一些自己支配时间情形下，用三五年时间，来写几本小书，纪念我所处的变动时代——二十世纪前四十年，几个亲友、一些青年为追求真理，充满热情和幻想，参加社会变革的活动，由于种种内外因子限制下，终于各在不同情形下陆续牺牲，和社会在向前发展中，更年青一代，又如何同样充满热情和幻想，然而却更加谨慎小心，终于和人民一道取得革命胜利，继续向前，在共同创造新的未来。由于个人生活接触问题限制，作品接触面虽不会太广，可是将依旧是一种历史——不属于个人却属于时代的历史。四十年前学写小说的本意，原就以为到文字比较成熟时，可以来完成这种历史的。由于亿万人的共同努力，牺牲者前仆后继，在中国共产党领导下，四十年动摇旧社会的基础工作，终于完成了。后死者把目击身经所知道的事情一小部分，用一定分量文字，谨严忠实的写它出来，必然还有些意义。这些人事不仅仅十分鲜明活在我的记忆里，还应当更鲜明有力的活在万千年青人的印象中，对于他们在发展中的青春生命，将是一种长远的鼓舞。前一代的努力和牺牲，已为这一代年青人的工作和学习铺平一条康庄大道，这一代的辛苦努力，将为更幼小一代创造永久幸福。年青一代能够越加深刻具体明白创造一个崭新国家的艰难，也必然将更能够理解保护人民革命胜利成果的重要！

一九五九年十二月
北京中国历史博物馆

# 我的写作与水的关系

在我一个自传里，我曾经提到过水给我的种种印象。檐溜，小小的河流，汪洋万顷的大海，莫不对于我有过极大的帮助，我学会用小小脑子去思索一切，全亏得是水，我对于宇宙认识得深一点，也亏得是水。

"孤独一点，在你缺少一切的时节，你就会发现原来还有个你自己。"这是一句真话。我有我自己的生活与思想，可以说是皆从孤独得来的。我的教育，也是从孤独中得来的。然而这点孤独，与水不能分开。

年纪六岁七岁时节，私塾在我看来实在是个最无意思的地方。我不能忍受那个逼窄的天地，无论如何总得想出方法到学校以外的日光下去生活。大六月里与一些同街比邻的坏小子，把书篮用草标各作下了一个记号，搁在本街土地堂的木偶身背后，就洒着手与他们到城外去，攒入高可及身的禾林里，捕捉禾穗上的蚱蜢，虽肩背为烈日所烤炙，也毫不在意。耳朵中只听到各处蚱蜢振翅的声音，全个心思只顾去追逐那种绿色黄色跳跃伶便的小生物，到后看看所得来的东西已尽够一顿午餐了，方到河滩边去洗濯，拾些干草枯枝，用野火来烧烤蚱蜢，把这些东西当饭吃。直到这些小生物完全吃尽后，大家于是脱光了身子，用大石压着衣裤，各自从悬崖高处向河水中跃去。就这样泡在河水里，一直到晚方回家去，挨一顿不可避免的痛打。有时正在绿油油禾田中活动，有时正泡在水里，六月里照例的行雨来了，大的雨点夹着吓人的霹雳同时来到，各人匆匆忙忙逃到路坎旁废碾坊下或大树下去躲避，雨落得久一点，一时不能停止，我必一面望着河面的水泡，或树枝上反光的叶片，想起许多事情。……所捉的鱼逃了，所有的衣湿了，河面溜走的水蛇，钉固在大腿上的蚂蟥，碾坊里的母黄狗，挂在转动不已大水车上的起花人肠子，因为雨，制止了我身体的活动，心中便把一切看见的经过的皆记忆温习起来了。

也是同样的逃学，有时阴雨天气，不能向河边走去，我便上山或到庙里去，在庙前庙后树林或竹林里，爬上了这一株，到上面玩玩后，又溜下来爬另外一株。若所爬的是竹子，必在上面摇荡一会，爬的是树木，便看看上面有无鸟巢或啄木鸟孵卵的孔穴。雨落大了，再不能做这种游戏时，就坐在楠木树下或庙门前石阶上看雨。既还不是回家的时候，一面看雨一面自然就需要温习那些过去的经验，这个日子方能发遣开去。雨落得越长，人也就越寂寞。在这时节想到一切好处也必想到一切坏处。那么大的雨，回家去说不定还得全身弄湿，不由得有点害怕起来，不敢再想了。我于是走到庙廊下去，为作丝线的人牵丝，为制棕绳的人摇绳车。这些地方每天照例有这种工人做工，而且这种工人照例又还是我很熟习的人。也就因为这种雨，无从掩饰我的劣行，回到家中时，我便更容易被罚跪在仓屋中。在那间空洞寂寞的仓屋里，听着外面檐溜滴沥声，我的想象力却更有了一种很好训练的机会。我得用回想与幻想补充我所缺少的饮食，安慰我所得到的痛苦。我因恐怖得去想一些不使我再恐怖的生活，我因孤寂又得去想一些热闹事情方不至于过分孤寂。

到十五岁以后，我的生活同一条辰河①无从离开，我在那条河流边住下的日子约五年。这一大堆日子中我差不多无日不与河水发生关系。走长路皆得住宿到桥边与渡头，值得回忆的哀乐人事常是湿的。至少我还有十分之一的时间，是在那条河水正流与支流各样船只上消磨的。从汤汤流水上，我明白了多少人事，学会了多少知识，见过了多少世界！我的想象是在这条河水上扩大的。我把过去生活加以温习，或对未来生活有何安排时，必依赖这一条河水。这条河水有多少次差一点儿把我攫去，又幸亏它的流动，帮助我做着那种横海扬帆的远梦，方使我能够依然好好的在人世中过着日子！

再过五年，我手中的一支笔，居然已能够尽我自由运用了，我虽离开了那条河流，我所写的故事，却多数是水边的故事。故事中我所最满意的文章，常用船上水上作为背影，我故事中人物的性格，全为我在水边船上所见到的人物性格。我文字中一点忧郁气氛，便因为被过去十五年前南方的阴雨天气

———————————

　　① 辰河，即沅水。

影响而来，我文字风格，假若还有些值得注意处，那只因为我记得水上人的言语太多了。

再过五年后，我的住处已由干燥的北京移到一个明朗华丽的海边。海既那么宽泛无涯无际，我对人生远景凝眸的机会便较多了些。海边既那么寂寞，它培养了我的孤独心情。海放大了我的感情与希望，且放大了我的人格。

# 抽象的抒情

照我思索，能理解"我"。

照我思索，可认识"人"。

生命在发展中，变化是常态，矛盾是常态，毁灭是常态。生命本身不能凝固，凝固即近于死亡或真正死亡。惟转化为文字，为形象，为音符，为节奏，可望将生命某一种形式，某一种状态，凝固下来，形成生命另外一种存在和延续，通过长长的时间，通过遥遥的空间，让另一时另一地生存的人，彼此生命流注，无有阻隔。文学艺术的可贵在此。文学艺术的形成，本身也可说即充满了一种生命延长扩大的愿望。至少人类数千年来，这种挣扎方式已经成为一种习惯，得到认可。凡是人类对于生命青春的颂歌，向上的理想，追求生活完美的努力，以及一切文化出于劳动的认识，种种意识形态，通过各种材料、各种形式，产生创造的东东西西，都在社会发展（同时也是人类生命发展）过程中，得到认可、证实，甚至于得到鼓舞。因此，凡是有健康生命所在处，和求个体及群体生存一样，都必然有伟大文学艺术产生存在，反映生命的发展，变化，矛盾，以及无可奈何的毁灭（对这种成熟良好生命毁灭的不屈、感慨或分析）。文学艺术本身也因之不断的在发展，变化，矛盾和毁灭。但是也必然有人的想象以内或想象以外的新生，也即是艺术家生命愿望最基本的希望，或下意识的追求。而且这个影响，并不是特殊的，也是常态的。其中当然也会包括一种迷信成分，或近于迷信习惯，使后者受到它的约束。正犹如近代科学家还相信宗教，一面是星际航行已接近事实，一面世界上还有人深信上帝造物，近代智慧和原始愚昧，彼此共存于一体中，各不相犯，矛盾统一，契合无间。因此两千年前文学艺术形成的种种观念，或部分、或全部在支配我们的个人的哀乐爱恶情感，事不足奇。约束限制或鼓舞刺激到某一民族的发展，也是常有的。正因为这样，也必然会产生否认反抗这个势力的一种努力，或从文学艺术形式上作种种挣扎，或从其他方面强力制约，要求文学艺术为之服务。前者最明显处即现代腐朽资产阶级的无目的无一定界限的文学艺术。其中又大有分别，文学多重在对于传统道德观念或文字结构的反叛。艺术则重在形式结构和给人影响的习惯有所破坏。特别是艺术最为突出。也变态，也常态。从传统言，是变态。从反映社会复杂性和其他物质新形态而言，是常态。不过尽管这样，我们还是有如下事实，可以证明生命流转如水的可爱处，即在百丈高楼一切现代化的某一间小小房子里，还有人读荷马或庄子，得到极大的快乐，极多的启发，甚至于不易设想的影响。又或者从古埃及一个小小雕刻品印象，取得他——假定他是一个现代大建筑家——所需要的新的建筑装饰的灵感。他有意寻觅或无心发现，我们不必计较，受影响得启发却是事实。由此即可证明艺术不朽，艺术永生。有一条件值得记住，必须是有其可以不朽和永生的某种成就。自然这里也有种种的偶然，并不是什么一切好的都可以不朽和永生。事实上倒是有更多的无比伟大美好的东西，在无情时间中终于毁了，埋葬了，或被人遗忘了。只偶然有极小一部分，因种种偶然条件而保存下来，发生作用。不过不管是如何的稀少，却依旧能证明艺术不朽和永生。这里既不是特别重古轻今，以为古典艺术均属珠玉，也不是特别鼓励现代艺术完全脱离现实，以为当前没有观众，千百年后还必然会起巨大作用。只是说历史上有这么一种情形，有些文学艺术不朽的事实。甚至于不管留下的如何少，比如某一大雕刻家，一生中曾作过千百件当时辉煌全世的雕刻，留下的不过一个小小塑像的残余部分，却依旧可反映出这人生命的坚实、伟大和美好。无形中鼓舞了人克服一切困难挫折，完成他个人的生命。这是一件事。另一件是文学艺术既然能够对社会对人发生如此长远巨大影响，有意识把它拿来、争夺来，为新的社会观念服务。新的文学艺术，于是必然在新的社会——或政治目的制约要求中发展，且不断变化。必须完全肯定承认新的社会早晚不同的要求，才可望得到正常发展。这就是社会主义制度下对文学艺术的要求。事实上也是人类社会由原始到封建末期、资本主义烂熟期，任何一时代都这么要求的。不过不同处是更新的要求却十分鲜明，于是也不免严肃到不易习惯情形。政治日的虽明确不变，政治形势、手段却时时刻刻在变，文学艺术因之创作基本方法和完成手续，也和传统大有不同，甚至于可说完全不同。作者必须完全肯定承认，作品只不过是集体观念某一时某种适当反映，才能完成任务，才能毫不难受的在短短不同时间中有可能在政治反复中，接受两种或多种不同任务。艺术中千百年来的以个体为中心的追求完整、追求永恒的某种创造热情，某种创造基本动力，某种不大现实的狂妄理想（唯我为主的艺术家情感）被摧毁了。新的代替而来的是一种也极其尊大，也十分自卑的混合情绪，来产生政治目的及政治家兴趣能接受的作品。这里有困难是十分显明的。矛盾在本身中即存在，不易克服。有时甚至于一个大艺术家，一个大政治家，也无从为力。他要求人必须这么做，他自己却不能这么做，做来也并不能令自己满意。现实情形及道理他明白，他懂，他肯定承认，从实践出发的作品可写不出。在政治行为中，在生活上，在一般工作里，他完成了他所认识的或信仰的，在写作上，他有困难处。因此不外两种情形，他不写，他胡写。不写或少写倒居多数。胡写则也有人，不过较少。因为胡写也需要一种应变才能，作伪不来。这才能分两种来源：一是"无所谓"的随波逐流态度，一是真正的改造自我完成。截然分别开来不大容易，居多倒是混合情绪。总之，写出来了，不容易。伟大处在此。作品已无所谓真正伟大与否，适时即伟大。伟大意义在文学艺术作品中已有了根本改变。这倒极有利于促进新陈代谢。也不可免有些浪费。总之，这一件事是在进行中。一切向前了。一切真正在向前。更正确些或者应当说一切在正常发展。社会既有目的，六亿五千万人的努力既有目的，全世界还有更多的人既有一个新的共同目的，文学艺术为追求此目的、完成此目的而努力，是自然而且必要的。尽管还有许多人不大理解，难于适应，但是它的发展还无疑得承认是必然的，正常的。

问题不在这里。不在承认或否认。否认是无意义的，不可能的。否认情绪绝不能产生什么伟大作品。问题在承认以后，如何创造作品。这就不是现有理论能济事了。也不是什么单纯社会物质鼓舞刺激即可得到极大效果。想把它简化，以为只是个"思想改造"问题，也必然落空。即补充说出思想改造是个复杂长期的工作，还是简化了这个问题。不改造吧，斗争，还是会落空。因为许多有用力量反而从这个斗争中全浪费了。许多本来能作正常运转的机器，只要适当擦擦油，适当照料保管，善于使用，即可望好好继续生产的——停顿了。有的是不是个"情绪"问题？是情绪使用方法问题？这里如还容许一个有经验的作家来说明自己问题的可能时，他会说是"情绪"，也不完全是"情绪"。不过情绪这两个字含意应当是古典的，和目下习惯使用含意略有不同。一个真正唯物主义者，会懂得这一点。正如同一个现代科学家懂得稀有元素一样，明白它蕴蓄的力量，用不同方法，解放出那个力量，力量即出来为人类社会生活服务。不懂它，只希望元素自己解放或改造，或者责备他是"顽石不灵"，都只能形成一种结果：消耗、浪费、脱节。有些"斗争"是由此而来的。结果只是加强消耗和浪费。必须从另一较高视野看出这个脱节情况，不经济、不现实、不宜于社会整个发展，反而有利于"敌人"时，才会变。也即是古人说的"穷则通，通则变"。如何变？我们实需要视野更广阔一点的理论。需要更具体一些安排措施。真正的文学艺术丰收基础在这里。对于衰老了的生命，希望即或已不大。对于更多的新生少壮的生命，如何使之健康发育成长，还是值得研究。且不妨作种种不同试验。要客观一些。必须明白让一切不同品种的果木长得一样高，结出果子一种味道，没有必要，也不可能，放弃了这种不客观不现实的打算。必须明白机器不同性能，才能发挥机器性能。必须更深刻一些明白生命，才可望更有效的使用生命。文学艺术创造的工艺过程，有它的一般性，能用社会强大力量控制，甚至于到另一时能用电子计算机产生（音乐可能最先出现）。也有它的特殊性，不适宜用同一方法，更不是"揠苗助长"方法所能完成。事实上社会生产发展比较健全时，也没有必要这样做。听其过分轻浮，固然会消极影响到社会生活的健康。可是过度严肃的要求，有时甚至于在字里行间要求一个政治家也做不到的谨慎严肃，也不适当。尽管社会本身，还正由于政治约束失灵形成普遍堕落，即在艺术若干部门中，也还正在封建意识毒素中散发其恶臭，唯独在文学作品中却过分加重他的社会影响、教育责任，而忽略他的娱乐效果（特别是对于一个小说作家的这种要求）；过分加重他的道德观念责任，而忽略产生创造一个文学作品的必不可少的情感动力，因之每一个作者写他的作品时，首先想到的是政治效果、教育效果、道德效果，更重要有时还是某种少数特权人物或多数人"能懂爱听"的阿谀效果。他乐意这么做，他完了。他不乐意，也完了。前者他实在不容易写出有独创性独创艺术风格的作品，后者他写不下去，同样，他消失了，或把生命消失于一般化，或什么也写不出。他即或不是个懒人，还是作成一个懒人的结局。他即或敢想敢干，不可能想出什么干出什么。这不能怪客观环境，还应当怪他自己。因为话说回来，还是"思想"有问题，在创作方法上不易适应环境要求。即"能"写，他还是可说"不会"写。难得有用的生命，难得有用的社会条件，难得有用的机会，只能白白看着错过。这也就是有些人在另外一种工作上，表现得还不太坏，然而在他真正希望终身从事的业务上，他把生命浪费了。真可谓"辜负明时盛世"。然而他无可奈何。不怪外在环境，只怪自己，因为内外种种制约，他只有完事。他挣扎，却无济于事。他着急，除了自己无可奈何，不会影响任何一方面。他的存在太渺小了，一切必服从于一个大的存在，发展。凡有利于这一点的，即活得有意义些，无助于这一点的，虽存在，无多意义。他明白个人的渺小，还比较对头。他妄自尊大，如还妄想以为能用文字创造经典，又或以为即或不能创造当代经典，也还可以写出一点如过去人写过的，如像《史记》，三曹诗，陶、杜、白诗，苏东坡词，曹雪芹小说，实在更无根基。时代已不同。他又幸又不幸，是恰恰生在这个人类历史变动最大的时代，而又恰恰生在这一个点上，是个需要信仰单纯，行为一致的时代。

在某一时历史情况下，有个奇特现象：有权力的十分畏惧"不同于己"的思想。因为这种种不同于己的思想，都能影响到他的权力的继续占有，或用来得到权力的另一思想发展。有思想的却必须服从于一定权力之下，或妥协于权力，或甚至于放弃思想，才可望存在。如把一切本来属于情感，可用种种不同方式吸收转化的方法去尽，一例都归纳到政治意识上去，结果必然问题就相当麻烦，因为必不可免将人简化成为敌与友。有时候甚至于会发展到和我相熟即友，和我陌生即敌。这和社会事实是不符合的。人与人的关系简单化了，必然会形成一种不健康的隔阂，猜忌，消耗。事实上社会进步到一定程度，必然发展是分工。也就是分散思想到各种具体研究工作、生产工作以及有创造性的尖端发明和结构宏伟包容万象的文学艺术中去。只要求为国家总的方向服务，不勉强要求为形式上的或名词上的一律。让生命从各个方面充分吸收世界文化成就的营养，也能从新的创造上丰富世界文化成就的内容。让一切创造力得到正常的不同的发展和应用。让各种新的成就彼此促进和融合，形成国家更大的向前动力。让人和人之间相处的更合理。让人不再用个人权力或集体权力压迫其他不同情感观念反映方法。这是必然的。社会发展到一定进步时，会有这种情形产生的。但是目前可不是时候。什么时候？大致是政权完全稳定，社会生产又发展到多数人都觉得知识重于权力，追求知识比权力更迫切专注，支配整个国家，也是征服自然的知识，不再是支配人的权力时。我们会不会有这一天？应当有的。因为国家基本目的，就正是追求这种终极高尚理想的实现。有旧的一切意识形态的阻碍存在，权力才形成种种。主要阻碍是外在的。但是也还不可免有的来自本身。一种对人不全面的估计，一种对事不明确的估计，一种对"思想"影响二字不同角度的估计，一种对知识分子缺少□□① 的估计。十分用心，却难得其中。本来不太麻烦的问题，做来却成为麻烦。认为权力重要又总担心思想起作用。

事实上如把知识分子见于文字、形于语言的一部分表现，当作一种"抒情"看待，问题就简单多了。因为其实本质不过是一种抒情。特别是对生产对斗争知识并不多的知识分子，说什么写什么差不多都像是即景抒情，如为人既少权势野心，又少荣誉野心的"书呆子"式知识分子，这种抒情气氛，从生理学或心理学说来，也是一种自我调整，和梦呓差不多少，对外实起不了什么作用的。随同年纪不同，

---

① 原稿上缺二字。

差不多在每一个阶段都必不可免有些压积情绪待排泄，待疏理。从国家来说，也可以注意利用，转移到某方面，因为尽管是情绪，也依旧可说是种物质力量。但是也可以不理，明白这是社会过渡期必然的产物，或明白这是一种最通常现象，也就过去了。因为说转化，工作也并不简单，特别是一种硬性的方式，性格较脆弱的只能形成一种消沉，对国家不经济。世故一些的则发展而成阿谀。阿谀之有害于个人，则如城北徐公故事，无益于人。阿谀之有害于国事，则更明显易见。古称"千人诺诺，不如一士谔谔"。诺诺者日有增，而谔谔者日有减，有些事不可免做不好，走不通。好的措施也有时变坏了。

一切事物形成有他的历史原因和物质背景，目前种种问题现象，也必然有个原因背景。这里包括半世纪的社会变动，上千万人的死亡，几亿人的生活方式和生活愿望的基本变化，而且还和整个世界的问题密切相关。从这里看，就会看出许多事情的"必然"。观念计划在支配一切，于是有时支配到不必要支配的方面，转而增加了些麻烦。控制益紧，不免生气转促。《淮南子》早即说过，恐怖使人心发狂，《内经》有忧能伤心记载，又曾子有"蓬生麻中，不扶自直，白沙在涅，与之俱黑"语。周初反商政，汉初重黄老，同是历史家所承认在发展生产方面努力，而且得到一定成果。时代已不同，人还不大变。……伟大文学艺术影响人，总是引起爱和崇敬感情，决不使人恐惧忧虑。古代文学艺术足以称为人类共同文化财富也在于此。事实上在旧戏里我们认为百花齐放的原因得到较多发现较好收成的问题，也可望从小说中得到，或者还更多得到积极效果，我们却不知为什么那么怕它。旧戏中充满封建迷信意识，极少有人担心他会中毒。旧小说也这样。但是却不免会要影响到一些人的新作品的内容和风格。近三十年的小说，却在青年读者中已十分陌生，甚至于在新的作家心目中也十分陌生。

# 新的文学运动与新的文学观

世界在变动中，一切都必然得变，政治或社会，法律与道德似乎都值得有心人给予一种新的看法，至少是比较上新些的看法。文学自然不在例外，也需要一种较新的看法。文学运动要有个较好的"明日"，得从"过去"和"当前"知道些问题。这些问题平时照例是为一般人忽略过了的。

谈及文学运动分析它的得失时，有两件事值得我们特别注意：第一是民国十五年后，这个运动同上海商业结了缘，作品成为大老板商品之一种。第二是民国十八年后，这个运动又与国内政治不可分，成为在朝在野政策工具之一部。因此一来，若从表面观察，必以为活泼热闹，实在值得乐观。可是细加分析，也就看出一点堕落倾向，远不如"五四"初期勇敢天真，令人敬重。原因是作者的创造力一面既得迎合商人，一面又得附会政策，目的既集中在商业作用与政治效果两件事情上，它的堕落是必然的，不可避免的。

作品成为商品之一种，用同一意义分布，投资者当然即不免从生意经上着眼，趣味日益低下，影响再坏也不以为意。"五四"谈男女解放，所以过去一时南方就有张资平三角多角恋爱小说出现，北方就有章衣萍《情书一束》出现，同时在国内都得到广大的销路。变本加厉，因此过不久张竞生所提倡性生活亦成为一时风气。……过不久，因北伐清党时代多禁忌，说话不易讨好，林语堂便办了一个《论语》，提倡"幽默"，又以一个谐趣通俗风格，得到多数读者。读者越多，影响也就越不好。这事情并不出奇，既然是商品，不管是百龄机，鹿茸精，只要宣传得法，推销合理，当然各有主顾。可是话说回来，作品变成商品，也未尝无好处。正因为既具有商品意义，即产生经济学上的价值作用。生产者可以借此为生，于是方有"职业作家"。其次是作品既以商品方式分布国内，作者固龙蛇不一，有好有坏，读者亦嗜好酸咸，各有兴趣。读者中比较少数，自然也盼望比较好的文学作品，能欣赏这类作品。作品中制作俗滥之物，固然在短时期中即可得到多数读者，作品中制作精工不苟且的，文字有风格性格的，慢慢的从纵的方面说，依然还有许多读者！既有读者，因此职业作家中少壮分子，便有不少对文学创作抱了一个比较远大理想，心怀宏愿与坚信，在寂寞中来努力的。非职业作家，且有不少人已近中年，尚有兴趣在个人所信所守一个观点上，继续试验他的工作的。前者举例如丁玲、茅盾、巴金、曹禺……后者举例如鲁迅、徐志摩、丁西林……这些人眼光当然不在制作商品，可是却恰好因作品可以用商品方式分布推广，引起各方面读者关心，方有许多优秀示范作品继续产生。

至于作家被政治看中，作品成为政策工具后，很明显的变动是：表面上作品能支配政治，改造社会，教育群众，事实上不过是政客从此可以畜养作家，来作打手，这种打手产生的文学作品，可作政治点缀物罢了。作品由"表现真理"转成"解释政策"、"宣传政策"，便宜了一群投机者与莫名其妙的作家。政策是易变的，所以这些人也尽在变，目前社会上就很有几个作家，如此永远在政客调排下领导文学运动。虽作品前后矛盾，个人看来竟无所谓。只要在位，就已够了。"事实"照例是乏味的，所以一提及这点事实时，有些人便不免面赤颈胀，恼羞成怒，或貌若平常，心怀愤恨。这些人一部分照例还是无作品的作家。特点是虽无作品，还称作家。时而左，时而右。或因在官从政，或因列名某籍，在国内各处用"文化人"身份参加各种组织，出席开会，有什么事发生需要有所表示时，即在通电上列一大名。在什么集会中有贵宾要人莅临时，大家也凑合一场，胡乱畅谈文学艺术，或照老文人方式，唱唱京戏作为余兴，或即席赋诗相赠。再若遇着什么有势力者作作诗，写写戏，于是不问好坏，一例望风承旨，极力捧场。精神风度，完全如《金瓶梅》中之应白爵、谢希大一流人物，本色是凑趣帮闲，从中捞点小油水。所不同处只是表面上这些人或留法留英，并非白丁。这种人进身照例是因缘时会，各以"思想"自见。思想或相反，或相承，都无妨碍。彼此之间过去一时虽常常相争相吵，俨然为真理而奋斗，十分认真，其实倒无所谓，只要"上头"政策一变，他们也就即刻会变。这些人平时尽管主张激烈，也不用担心，只要等到政治组织上需要天下一家同流并进时，他们就把"真理"搁下不提，携手合作，同处一堂，再也不会因为思想不同，便不肯吃同样点心了！这种人中还可分黠诡与老实两种：老实的只是好好先生，遇事不大思索。黠诡的却具家犬姿态，有权据势，因能支配风气，所以对下级骄，既用清客风度侍候贵人，所以对上又极谄，把文学运动真正极庄严的那一点思想问题完全谐谑化，漫画化。然而他们依然还是要口口声声谈"思想"，而且谈一切。其实什么都不必谈，只是做文人好了。这种人本来目的也就只是做文人。做文人的意义，是满足一个动物基本欲望，食与性。别无更多幻想与贪心，倒像是个很知足的动物。

文学运行既受商业与政治两种分割，尤其是政治引诱性大，作家为趋时讨功，多"朝秦暮楚"现象，与"东食西宿"现象。因此一来，把这些人都普遍谐谑化与漫画化。所以到后来便有那么一种状况：真在那里写"作品"是一群人，装模作样在做"作家"又是一群人。写作品的照例沉默而诚恳，生活相当艰苦，一切还保留些书生气，除作品外社会上似乎很少他的露面机会。做作家的却必然活活跳跳，或如政客，或如丑角，成天到处奔走活动。这风气到民二十左右即见出端倪，民二十四以后，情形更加分明，民二十六以后，且有人什么事也不做，却以"文化人"身份到处招摇活动的。只要从报纸杂志上看看，我们便可发现，日常发表文学作品的，个人对读者都好像十分生疏，另外一群姓名在报纸上熟习的，有些人竟从无一个像样作品问世。这件事由外人看来，会觉得十分奇异，凡明白中国近十年文学运动，如何成为商业与政策附属物的人，应当不会如何奇异的！

就现象说来，实在可悲可悯而且可怕。虽然如此，说不定还有人正以为是种好现象。因为这些商业化的或清客化的作家论客，既不能独自为战，使作品与社会对面，自卑情绪和平庸愿望，都恰恰如应白爵一流破落子弟与西门庆拜把兄弟后情形，以得与新贵人平起平坐，称哥唤弟，就认为是社会进步，感到满足，再不想到别的问题。这些人本来能力有限，发展有限。国家进步如果是多数的愿望，这些空空洞洞人物，既无能力从作品中有何建树，想依赖政治力量，从新的社会取得多数的信仰，自然是不可能的。但这些人都"在位"，倚势有权，而且善于诪张为幻。问题也就在此，既一日在位，昨日与今日所有可悲可笑而且可怕现象，当然即一日存在。在新陈代谢方式下，这些人虽会受时间陶冶，完全失去意义，但促进这种新陈代谢的作用，却还需要一种新的文学运动，输入一个新的文学观，事极显明。

个人觉得可关心的，还不是作家中的混混盘踞要津，结纳权贵，来控制文运。倒是我们这个社会，应当用什么一个方式，方能建设一个新的文学运动，给准备执笔者一个新的文学观？这新的文运新的文学观，从消极言，是作者一反当前附庸依赖精神，不甘心成为贪财商人的流行货，与狡猾政客的装饰品。从积极言，一定要在作品中输入一个健康雄强的人生观，人物性格必对做一个中国人的基本态度与信念，"有所为有所不为"，取予之际异常谨严认真。他必热爱人生，坚实朴厚，坦白诚实，勇于牺牲。作品中人格与作者人格，且必然有相通处。作品制作不搁搁于过去所谓思想左右的落伍机械观，也不关心作品在商业上的成功失败。他要做人，表现的是做个新中国的国民，应具有一种什么风度和气派！除自尊自重之外，还要如何加强自信！相信个人是国家一个单位，生命虽然渺小而脆弱，与蝼蚁糠秕，不相上下。然而纵如蝼蚁糠秕，只要不缺少向上信心，却可以完成许多大事！

如说过去的文学观，是浪漫情绪与宗教情绪混合物，浪漫情绪的成因，又与中国道德成分中的性禁忌或英雄崇拜迷信有关，因此一般人颓废悲观成分，纵极力抑制不在作品本身上抬头，也会在作家生活中表现。新的文学观，就值得奠基于一个新的生物两性观上，如何去掉那些不良气分，多注入一分健康有益的原素！

世界在变动中，在坚硬的钢铁与顽固的人心相互摧毁的变动中，国家民族忧患加深，个人责任即加重，尤其是中产阶级分子中责任的加重。过去一时文学有"抢群众"趋势，结果群众实未得到，却失去了其真正领导社会改进民族团结功用。（抗战后的中国，且证明用文学教育群众，远不如运用法规教育群众，又简便又能得用。）新的文学观，毫无可疑，它应当在启迪征服社会中层分子着眼。伟大文学作品具有无言之教的功用，既系一件事实，目前若干作品如只能娱乐二十岁以下的中学生，将来的文学，还需要它能教育四十岁左右的中年人。我们应当承认，如果四十岁左右的中层分子，实在还需要好好施以"人"的教育，是只有文学作品有此能力，别的工具绝不济事的。

文学观既离不了读书人，所以文学运动的重建，一定还得重新由学校培养，学校奠基，学校着手。把文运从"商场"与"官场"中解放出来，再度与"学术""教育"携手，一面可防止作品过度商品化与作家纯粹清客家奴化，一面且可防止学校中保守退化腐败现象的扩大（这退化腐败现象，目前是到处可见的）。我们还得认识清楚，一个作家在写作观念上，能得到应有的自由，作品中浸透人生的崇高理想，与求真的勇敢批评态度，方可望将真正的时代精神与历史得失，加以表现。能在作品中铸造一种博大坚实富于生气的人格，方能启发教育读者的心灵。这种作家与作品，从表面言来，也许与某一时某一种政治真理相去甚远，事实上不过是与一小部分政客政策稍稍不同罢了。也许把这个民族的弱点与优点同时提出，好像大不利于目前抗战，事实上我们要建国，便必需从这种作品中注意，有勇气将民族弱点加以修正，方能说到建国！

# 从新文学转到历史文物

——一九八〇年十一月二十四日
在美国圣若望大学的讲演

各位先生，各位女士，各位朋友：

我是一个没有读过书的人，今天到贵校来谈谈，不是什么讲演，只是报告个人在近五十年来，尤其是从二十到三十年代，由于工作、学习的关系，多少一点认识。谈起来都是很琐碎的，但是接触的问题，却是中国近五十年来变化最激烈的一个阶段——二十年代的前期到三十年代。

我是从一个地图上不常见的最小的地方来的，那个地方在历史上来说，就是汉代五溪蛮所在的地方，到十八世纪才成立一个很小的政治单位，当时不过是一个三千人不到的小城，除了一部分是军队，另一部分就是充军的、犯罪的人流放的地方。一直到二十世纪二十年代，这小镇的人口还不到一万人，但是这小地方却驻了七千个兵，主要就是压迫苗民的单位。因此我在很小的时候，就有机会常见大规模的屠杀，特别是辛亥革命那段时间。这给我一个远久的影响——就是认为不应有战争，特别是屠杀，世界上任何人都没有权利杀别一个人。

这也就影响到我日后五十年的工作态度，在无形中就不赞成这种不公正的政治手段。到了我能够用笔来表达自己意见的时候，我就反映这个问题。但是社会整个在大动乱中间，我用笔反映问题的理想工作就难以为继了。照着原来的理想，我准备学习个五十年，也许可算是毕业，能做出点比较能满意的成绩。但是时代的进展太快了，我才学习了二十年，社会起了绝大的变化，我原来的工作不易适应新形势的要求，因此转了业，这就是近三十年来，我另换了职业的原因。

今天回看二十年代以来二十多年的中国文学的发展，真是问题太多了。我是在大学教这个问题，教了二十年，现在要把那么长一段时间的各种变动，压缩到不到一个钟头来讲，仅仅只能谈个大略的印象，所以会有很多欠缺的地方。现在，我们新国家有很多的有关"五四"以来的专著都在编写，我只能谈到很少的部分，即是与我的学习和工作有关的一部分。

我是一九〇二年生的，一九二二年<sup>①</sup>到了北京。这之前，我当了五年小兵，当时所见的对我以后的写作有密切的关系。这段时间，正是近代中国史上所说最混乱、腐败的军阀时代，从地方上很小的军阀以至北京最大的军阀的起来和倒台，我都有比较清楚的印象。

刚到北京，我连标点符号都还不知道。我当时追求的理想，就是五四运动提出来的文学革命的理想。我深信这种文学理想对国家的贡献。一方面或多或少是受到十九世纪俄国小说的影响。到了北京，我就住到一个很小的会馆，主要是不必花钱。同时在军队中养成一种好习惯，就是，没有饭吃全不在乎。这可不容易，因为任何的理想到时候都要受损伤的。但是我在军队久了，学得从来不因为这个丧气。这也就是后来住到了北京大学附近，很快就得到许多朋友赞许的原因。北京的冬天是零下十几度，最低到零下二十多度，我穿着很薄的单衣，就在那

---

① 实应为 1923 年。

里呆下去了。别人不易了解，在我而言，却是很平常的。我从不丧气，也不埋怨，因为晓得这个社会向来就是这样的。

当然，仅是看看《红楼梦》，看看托尔斯泰的作品，是不会持久的。主要是当时一些朋友给我鼓励和帮助，包括三个大学：北京大学、燕京大学和农业大学。当我实在支持不下去的时候，我就靠着它们，做个不速之客。在这种情况下，有许多对社会有更深了解的人都觉得非革命不可。我是从乡下来的，就紧紧地抓着胡适提的文学革命这几个字。我很相信胡适之先生提的：新的文体能代替旧的桐城派、鸳鸯蝴蝶派的文体。但是这个工作的进行是需要许多人的，不是办几本刊物，办个《新青年》，或凭几个作家能完成，而是应当有许多人用各种不同的努力来试探，慢慢取得成功的。所以我的许多朋友觉得只有"社会革命"能够解决问题，我是觉悟得比较晚的，而且智能比较低，但是仍能感觉到"文学革命"这四个字给我印象的深刻，成为今后文学的主流。按照当时的条件来讲，我不可能参加这样的工作，我连标点符号还不懂，唯一的可能是相信我的一双眼睛和头脑，这是我早年在军队生活里养成的习惯，对人世的活动充满了兴趣。

恰好住的地方是北京前门外一条小街上，向右走就是文化的中心，有好几百个古董店。现在看来，可以说是三千年间一个文化博物馆。大约十五分钟就可从家走到那里，看到所要看的一切。向左边走二十分钟又到了另外一个天地，那里代表六个世纪明朝以来的热闹市集，也可以说是明清的人文博物馆。因为这个时期仅仅隔宣统逊位十二年，从十七世纪以来，象征皇朝一切尊严的服装器物，在这里都当成废品来处理，像翡翠、玛瑙、象牙、珍珠等，无所不有。一面是古代的人文博物馆，上至三四千年前的东东西西；一面是前门的大街，等于是近代的人文博物馆，所以于半年时间内，在人家不易设想的情形下，我很快学懂了不少我想学习的东西。这对我有很深的意义，可说是近三十年我转进历史博物馆研究文物的基础。因为，后来的年轻人，已不可能有这种好机会见到这么多各种难得的珍贵物品的。

按照社会习惯来说，一个人进了历史博物馆，就等于说他本身已成为历史，也就是说等于报废了。但对我来说，这是一个机会，可以具体地把六千年的中华文物，劳动人民的创造成果，有条理有系统地看一个遍。从个人来说，我去搞考古似乎比较可惜，因为我在写作上已有了底子；但对国家来说，我的转业却是有益而不是什么损失，因为我在试探中进行研究的方法，还从来没有人做过。

我借此想纠正一下外面的传说。那些传说也许是好意的，但不太正确，就是说我在新中国成立后，备受虐待、受压迫，不能自由写作，这是不正确的。实因为我不能适应新的要求，要求不同了，所以我就转到研究历史文物方面。从个人认识来说，觉得比写点小说还有意义。因为在新的要求下，写小说有的是新手，年轻的、生活经验丰富、思想很好的少壮，能够填补这个空缺，写得肯定会比我更好。但是从文物研究来说，我所研究的问题多半是比较新的问题，是一般治历史、艺术史，作考古的到现在为止还没有机会接触过的问题。我个人觉得：这个工作若做得基础好一点，会使中国文化研究有一个崭新的开端，对世界文化的研究也会有一定的贡献。

因为文化是整体的，不是孤立的。研究的问题上溯可到过去几千年，但是它新的发展，在新的社会，依然有它的用处。这并不是我个人有什么了不得的长处，主要还是机会好，条件好。在文物任何一部门：玉器、丝绸、漆器、瓷器、纸张、金属加工……都有机会看上十万八万的实物。那时又正当我身体还健康，记忆力特别好的时候。可惜我这次出国过于匆忙，没来得及带上一些小的专题来与各位讨论。若将来有机会我能拿我研究中比较有头绪的一二十个专题来，配上三五十个幻灯片，我相信各位一定会有兴趣的。

因为我们新的国家，对文物的管理和保护都有明文规定，随着国家工业、农业的建设，已大规模地发现古物。整个来说就是把中国的文化起源，往前推进了约两千年。根据最近的发现，大约在四千年前就懂得利用黄金，同时也有了漆器、丝绸的发明，而且也知道那时候服饰上的花纹设计。我的工作就是研究这四千年来丝绸上花纹的发展。因为研究丝绸的关系，也同时使我研究起中国的服饰基本图案。最近已出版了一个集子，将来很可能会另外出些不同问题的专书。我今年已七十八岁了，在我兴趣与精力集中下，若是健康情形还好，在新条件下我至少可望还工作五六年。

我举个大家会感兴趣的例子：在商朝，大约是公元前十六世纪，从新出土文物中，就知道女士们的头发是卷的。因为材料多，我研究是用新的方法来做，先不注意文献，只从出土的材料来看问题；不谈结论，先谈实物，以向各部门提供最新资料。这只算是为其他各研究部门打打杂，做后勤工作，说不上什么真正研究的成绩。

现在在国外的朋友以及在台湾的兄弟们，希望各位有机会回去看看。每个人都知道中国有所谓二十五史，就没有人注意现在从地下发掘的东西，比十部二十五史还要多。那些有兴趣研究中国文化史、艺术史与工艺史的朋友，都值得回去看看。任何部门都有大量的材料，存放在各省博物馆的库房里，等待有心人来整理和研究。这大多数都是过去文献上从没提到的，我们也只是进行初步的探索。但这工作明显需要大量的对中国文化有兴趣的朋友来共同努力。这种研究的深入进展，十分显明是可以充实、丰富、纠正二十五史不足与不确的地方，丰富充实以崭新内容。文献上的文字是固定的，死的，而地下出土的东西却是活的，第一手的和多样化的。任何研究文化、历史的朋友，都不应当疏忽这份无比丰富宝藏。

可惜的是，到目前为止，中国本身的事情太多了，再加上最近十年的动乱，许多工作有点来不及注意处理。直到最近几年才给予它应有的注意。在座中大约有研究明清史料的。仅就这个问题而言，我们尚有一千万件历史档案有待整理和研究。根据中国社会科学院历史研究所的同事说，光是这方面就需要有一百个历史研究员研究一百年。

大家都知道敦煌、龙门、云冈三个石窟，是中国中古以来的文化艺术的宝藏。其实还有更多的史前和中古近古的壁画出土，将来都会逐渐公诸于世的。照过去的习惯，我们多以为对汉唐文物已知道了很多；但从新出土的文物来比证，就发现我们从前知道的实在还太少。例如在文献上虽常常提及唐代妇女的服饰，但它究竟是怎么回事，实并不明确。因为文献只有相对可靠性，不够全面。那么现在不甚费力就能分辨出初唐（武则天时代）、盛唐（杨贵妃时代）与晚唐（崔莺莺时代）妇女服饰基本上的不同。所以这些研究从大处说，不仅可以充实我们对于中国民族文化史的知识，从小处说，也可以帮助我们纠正对许多有名的画迹、画册在年代上的鉴定。这也就是我虽快到八十岁，根本没想到退休的原因。我希望最少能再做十年这种研究，而且将来能有机会拿文物研究中一些专题向在座各位专家朋友请教。

刚才金介甫教授对我的工作夸奖似太过了，我其实是个能力极低的人，若说有点好处，那就是揪住什么东西就不轻易放过。这是金岳霖教授对我的评语。我也希望再用这种精神，多研究个五年、十年。至于我的文学作品，应当说，都早已过时了。中国情况和世界其他国家的情况不同，它变化得太快了，真如俗话说的："三年一小变，十年一大变。"我的一切作品，在三十年前就已过时了。今天只能说，我曾在文字比较成熟的三十年代前后，留下一些社会各方面的平常故事。现在已是八十年代！

许多在日本、美国的朋友，为我不写小说而觉得惋惜，事实上并不值得惋惜。因为社会变动太大，我今天之所以有机会在这里与各位谈这些故事，就证明了我并不因为社会变动而丧气。社会变动是必然的现象。我们中国有句俗话说："塞翁失马，焉知非福！"在中国近三十年的剧烈变动情况中，我许多很好很有成就的旧同行，老同事，都因为来不及适应这个环境中的新变化成了古人。我现在居然能在这里很快乐的和各位谈谈这些事情，证明我在适应环境上，至少作了一个健康的选择，并不是消极的退隐。特别是国家变动大，社会变动过程太激烈了，许多人在运动当中都牺牲后，就更需要有人更顽强坚持工作，才能够保留下一些东西。在近三十年社会变动过程中，外面总有传说我有段时间很委屈、很沮丧；我现在站在这里谈笑，那些曾经为我担心的好朋友，可以不用再担心！我活得很健康，这可不能够作假的！我总相信：人类最后总是爱好和平的。要从和平中求发展、得进步的。中国也无例外这么向前的。

听众问："请问沈老，您最近出版的第一部大作，可在什么地方买到？"

沈先生答：最近在香港印行的是有关服饰的。这部稿子在"文革"期间几乎被烧掉。书名是《中国古代服饰研究》，是当时周恩来总理给我的一个任务，在一九六四年就完成了。有二十多万字说明，四百多张图片，从商朝到清初，前后有三千多年。不久将来或许将有英、日译文本了。但里面应用的材料可能太深了点，不大好懂，在翻译中将有些删减。我倒希望有些版本能不删减，可作为研究资料用；许多问题还有待讨论。

我的第二个文物集子也在进行中，到底是用断代好呢？还是分类好？现在还没决定。这工作现在来做，条件实在很好，也得到相当多的经费，给了两个副研究员的名额，但助手选择也并不容易，他必定要知道历史，知道文物，必须具有各方面的知识，还得有文学和艺术知识，才能综合资料，提出新的看法。这种人员的训练很不容易。资料分散在全国各地，一切东西都是崭新的。举例来说：过去我们以为铜器上的镶金银是源于春秋战国时代，现在知道在商朝就有了。另外，我还对于中国使用镜子用了点心，二十多年前编过一本《唐宋铜镜》。镜子，过去也以为是春秋战国产物，现在出土的商朝镜子就有七八面，三千三百年前就有镜子了。

又如马王堆出土的花纱衣服，一件只有四十八克重，还不到一两。像同样的文物，中国近代出土的实有万千种。工艺上所达到的水平，多难于令人设想的精美。许多工作都在进行中。我们大家对秦始皇墓中的兵马俑都很感兴趣，在中国，类似的新文物有很多很多。另外朱洪武第十七太子在山东的陵墓，大家以为是明朝初年的，其实也并不全是，我们搞服装的从大量殉葬泥俑就知道，当差的服装多半还照元朝的官服，牵马人的服装又是照宋朝的官服。原因是中国历来各朝代常将前一朝代最高贵品级的服饰，规定为本朝最低贱人的服饰，表示对于前一朝代的凌辱。又如北朝在洛阳建都，力求华化，帝王也戴"漆纱笼冠"，一直沿用下来，但到了唐朝，漆纱笼冠都是较低品级的官吏服用。这就是我说的，我虽"不懂政治"，但这些涉及政治的问题，却不能不懂一点。（幸好只懂得这么一点点，要懂得稍多，这时我也许不会到这里来谈话了。）

# 我为什么研究杂文物

十几年来，我因为征集文物，明白好坏，也明白价值。我有能力收买，并没有作，主要原因，是不想自己占有这些东西，公家东西见得越来越多，个人收藏就显得毫无意义了。所以当五反以后，古文物非常不值钱时，我连一个小带钩或铜镜也不买。（广东中大几个教授，以贱买贵卖方式进行新式倒把时，我觉得很不好。）我间或有点稿费，家中又每月为我抽出一部分钱买书，我有时也买点非文物（无货币价值的文物），如零碎丝绸锦缎，如有崩口不值钱的瓷器，供研究资料。因为公家虽然东西多以万计，但这些东西却无多价值，公家不需要，例如很多漳缎、漳绒晚清衣服或材料，即因此多被各省市来京戏剧团体买去。事实上到晚清纺织物有创造性却正是这些东西。怎么办？我尽可能来掏腰包买点吧，但是家里又放不下，且十分讨厌这些陈旧东西。我因此一面收买，一面送给学校作参考资料。送的机关计有工艺美术学院（瓷、丝较多），长春人民大学，山东大学历史教学资料室（陶瓷杂项都有），上海华东师范学院（杂项都有），北京市工艺学校，天津市工艺学校，吉林艺术师范学院，贵州师范学院，湖南博物馆（最贵重的挑花全送去了）。有的学校一面还托我买集各样文物，总照例是自陪车钱，到处奔跑。大致以长春人民大学和上海华东师范学院收集的规模最大。

当时热心原因，简单之至，学习了为人民服务。诸学校有此需要，我又比较熟习问题和价钱，当然热心效劳。说复杂一点，即我有这么一种认识：教通史用一个厚本本压得学生透不过气来，而书中说到的一系列问题，不仅学生不知道，事实上教书先生大部分也不知道（至今可能还有许多历史教授不知道）。举个最简单的例子，即"干"与"戈"，是个什么样子？武王伐纣用的和秦汉相争用的有什么不同？（照我想来，许多搞博物馆做事多年了的，或许还说不出正确答案。作历史画专家，也闹不清楚。）但是通史中提到阶级斗争史以外，便是生产发展史，科技发明史，物质文化史一系列事事物物，东东西西，都必需有具体知识。不从实物上用点真功，做几年调查研究，是不可能理解的。既缺少基本理解，如何去教人？岂不是近于自欺欺人？作陈列误用材料也是这个原因。我觉得像这样下去，永远无希望有一部毛泽东时代的令人满意新通史产生。一定要有人肯作螺丝钉，从大处看，从小处做，来用些较新方法，做些探索工作，辛苦寂寞一点也无妨（且必然是十分辛苦寂寞，因为所谓正统派并不承认这种实践学问是新通史知识来源一部门，或新基础。因为说人民是创造历史的主人，有种种证据都得结合实物作辩证解释）。但是，我坚持学下来了，做下来了。因为学习了为人民服务，明白这个工作对国家有益，可推进新的历史教学，更可以改变历来用文人画作重心的美术史研究和写法，可望慢慢转而改成以劳动人民艺术成就为中心的美术史。这些史，那些史，照我的学识底子说和年龄说，都无希望可以参加了。可是却有机会把这种新工作向前推一把，让那些能以毛泽东思想挂帅的年青一代人来完成。这也就是我在博物馆工作，对杂文物制度和工艺美术学习兴趣比较广泛的原因。为名吗？

这工作根本不可能出名。为利吗？无利可图。为向上爬？越学越感到不足，哪里还会有向上爬的心情抬头？过了六十的人，除了希望把所学有益于人民部分，即早贡献出来，什么野心都不会在一个衰老的心脏中引起兴奋。加之心脏不好，白天有时也不能不躺下，在这种情形下，除学习文件记着主席告我们要念念不忘阶级斗争，去联系另外文件学习深入一层体会，我的心脏和头脑，实在都早已累过了限度。视觉经常也模糊不清，眼部浮肿。前几天，一同志因为在斗争王镜如时，见我低头欲睡要我站出来，她不了解，那个时节正是我头部十分沉重无可奈何时，受体力制约过大，学什么随学随忘也是同一原因。

# 我为什么始终不离开历史博物馆 ①

我是解放后才由北大国文系改入历史博物馆的，同时还在北大博物馆系教教陶瓷。因为北大博物馆系那个供参考用的陈列室，部分瓷器和漆器，多是我捐赠的，同时还捐赠了些书籍。

到馆不多久，即送我去西苑革大"政治学院"学习，约一年之久。临结业前，多重新分配工作，有的自愿填写。我因为经过内外变故太大，新社会要求又不明白，自己还能做什么也不明白，所以转问小组长，请转询上级，看做什么工作好，就派我去。因为既学习了将近一年，有大半年都是在饭后去厨房服务，和一个老炊事员关系搞得很熟。已对为人民服务不分大小有所体会。过不久，小组长约我谈话，告我上级还是希望我回到作家队伍中搞创作。这事大致也是那边事先即考虑过的。因为较早一些

---

① 这一篇是"文革"中写的"材料"，收入本书时略有删节。

时候，就有好几位当时在马列学院学习的作家来看过我，多是过去不熟的，鼓励我再学习，再写作。

要我重新写作，明白是对我一种极大鼓励。但是我自己丧了气。头脑经常还在混乱痛苦中，恐怕出差错。也对"做作家"少妄想。且极端缺少新社会新生活经验。曾试写了个《炊事员》，也无法完成。所以表示，还是希望回到博物馆服务。工作寂寞点不妨事，人事简单比较容易适应。因此，即回了博物馆。照当时情况说来，工作是比较困难的。首先是我自己史部学底子极差，文物知识也皮毛零碎，图书室又不像样。同时来的同事比起来，知识都比我扎实得多。有的搞了几十年陶瓷，如傅振伦。有的熟习汉事有专著，如马非百。有的还专史学考古，如孙、姚、王、李诸人。按习惯，研究员主要就是坐办公室看书，或商讨工作计划，谈天，学习文件。没有人考虑到去陈列室，一面学，一面做说明员，从文物与观众两方面研究学习，可望提高认识的。

我正因为无知，第一记住"不调查研究无发言权"①，第二记住"研究中国文化史的重要性"，第三学习《实践论》，《人民日报》社论上介绍说"若一切学术研究工作，善于用实践论求知识，反复求证的方法去进行，必可得到新的进展"（大意是这么说的）。又学习过《矛盾论》，并不怎么懂，但是觉得，就懂到的点滴，试运用到文物研究，也一定可望取得新发现。明白"一切不孤立，一切事有联系和发展"。这些原则当时虽还孤零的记入印象中，但试来结合到我对于文物的学习研究上，得启发就太大了。本馆一系列特别展览，我总是主动去做说明员。一面学，一面讲。工作当然比坐办公室谈天、看书为辛苦。可是，知识或基本常识，便越来越落实了。加上入库房工作和图书室整理材料工作，凡派到头上的就干。常识一会通，不多久，情形自然就变化了。有了问题，我起始有了发言权。有些新问题，我慢慢的懂了。再结合文献，对文献中问题，也就懂得

---

① 作者历来不会准确引用政治术语。即使在"文革"中易获"篡改"、"恶攻"一类罪名情况下，他在转述政治理论文件原文，或于行文中试用"文革"语汇时，仍只能做到大致仿佛程度。下同。

深了些，落实好些，基础踏实些。

记得当时冬天比较冷，午门楼上穿堂风吹动，经常是在零下十度以下，上面是不许烤火的。在上面转来转去学习为人民服务，是要有较大耐心和持久热情的！我呢，觉得十分自然平常。组织上交给的任务等于打仗，我就尽可能坚持下去，一直打到底。

事实上，我就在午门楼上和两廊转了十年。一切常识就是那么通过实践学来的。有些问题比较专门，而且是国内过去研究中的空白点，也还是从实践学来的。比如说，看了过十万绸缎，又结合文献，我当然懂的就比较落实了。

大致当时从组织上看来，我的工作似太沉闷了点（或者别的原因），为照顾我情绪，又让我去当时辅仁大学教三小时散文习作，为廿个学生改卷子。不多久，又给我机会去四川参加土改。这期间，我曾写了个《我在文学创作上错误思想的检讨》①，可能是由《光明日报》发表，香港曾转载过。土改工作

―――――――――――――

① 1951年11月11日，《光明日报》以《我的学习》为题发表了这篇检讨。

是在内江县三区产甘蔗出白糖地区，剥削特别严重，蔗农生活多近于农奴。我在总队部专搞"糖房的剥削调查"工作，工作前后约五个月，受到一次终生难忘的深刻教育。本来用意，也有可能希望我就材料写一中或长篇小说。末后因为时间短，问题多，懂的事还不够全面，无法着手，只好搁下。

回到重庆，总队总结发言时，还曾让我就问题作廿分钟发言。我表示完全拥护党的政策[①]。

回到北京，因参加过土改，对个人写作思想错误，有深一些认识，在学生中还主动自我批评了一次。不几天后，又调我参加文物行业的三反、五反，约工作一月，更近于"作战"。当时全市似约百二十多家古董铺，我大约记得前后即检查了八十多家。馆中同事参加这一战役最久的，我是其中之一。这也显明是组织上有意教育我，有更多实践学习的机

---

① 作者曾在一封家书里谈到这次发言情况："……我也上到台上去，在播音器面前说了廿分钟的糖房剥削问题。如有四十分钟从从容容说，就把问题展开，还像个报告了。只压缩到廿分钟，说一半时，却有人来递一字条，'已超过五分钟'。这种打岔是完全成功的，就不想说下去，结束了。"

会。工作是十分辛苦的，却十分兴奋愉快。记得和几个公安人员一道，他们搬移东西，我说文物名称、年代，后来喉咙也嚷哑了。我的综合文物知识比较广泛，也比较踏实，和这次组织上给我的教育机会特别有关。主席伟大无比著作《实践论》提示求知识的新方法，试用到我本人学习上，得到的初步收获，使我死心塌地在博物馆作小螺丝钉了。我同时也抱了一点妄想，即从文物出发，来研究劳动人民成就的"劳动文化史"、"物质文化史"，及以劳动人民成就为主的"新美术史"和"陶"、"瓷"、"丝"、"漆"，及金属工艺等等专题发展史。这些工作，在国内，大都可说还是空白点，不易措手。但是从实践出发，条件好，是可望逐一搞清楚的。对此后通史编写，也十分有用的。因为若说起"一切文化成于劳动人民之手"，提法求落实，就得懂史实！

因此，当辅仁合并于人民大学，正式聘我作国文系教授时，我答应后，经过反复考虑，还是拒绝了。以当时待遇而言，去学校，大致有二百左右薪资，博物馆不过一百左右，为了工作，我最后还是决定不去。我依稀记得有这么一点认识：教书好，有的是教授，至于试用《实践论》求知方法，运用到搞文物的新工作，不受洋框框考古学影响，不受本国玩古董字画旧影响，而完全用一种新方法、新态度，来进行文物研究工作的，在国内同行实在还不多。我由于从各个部门初步得到了些经验，深深相信这么工作是一条崭新的路。做得好，是可望把做学问的方法，带入一个完全新的发展上去，具有学术革命意义的。

如果方法对，个人成就即或有限，不愁后来无人。

我于是心安理得，继续学习下来了。

我虽那么为工作而设想，给同事印象，却不会怎么好。因为各人学习方法不同，总像我是"不安心工作，终日飘飘荡荡"，特别是整日在陈列室，他们无从理解。因为研究员有研究员习惯架子（或责任），不坐下来研究，却去陈列室转，作一般观众说明，对他们说是不可理解的。所以故宫直到六四年后，除非什么要人贵宾来参观，高级研究员才出面相陪，平时可从不肯为普通观众做说明的。本馆也有这个习气，惟在专题展时稍好些。陈列改上新大楼，情形不同一点。但是有点基本认识并未克服，因此即少有搞陈列的同志，真正明白从做说明员中，同时还可以学许许多东西。且由此明白某部分懂得并不深透，再进而结合文献去印证，去反复印证。所以经过十年八年后，说来说去，永远无从对某一问题的深入。因此到改陈时，就多是临时抓抓换换，而并非胸有成竹，心中有数！

这是谁的责任？我想领导业务的应负责任。从一系列特种展和新楼陈列展，他本人对文物学了什么？只有天知道！说我飘飘荡荡不安心工作的也就是他，到我搞出点点成绩，他又有理由说我是"白专"了。全不想想直接领导业务，而对具体文物业务那么无知而不学，是什么？别人一切近于由无到有，却学了那么多，方法、原因又何在？总以为我学习是从个人兴趣出发，一点不明白恰恰不是个人兴趣。

正因为那种领导业务方法，不可能使业务知识得到应有的提高，许多同志终于各以不同原因离开了。因此一来，外机关有更好的位置，我也不会离开了。因为我相信我学习的方法若对头，总有一天会得到党领导认可的。研究人少，我工作责任加重是应当的。

博物馆到计划搞通史陈列时，碰到万千种具体问题，都得具体知识解决，不认真去一一学懂它，能解决吗？不可能的！没有一批踏踏实实肯学习的工作同志，用什么去给观众？问题杂，一下子搞不好，是必然的。要搞好，还是一个"学习"。所以我继续学下来了。以为我只是从个人兴趣出发。其实是不明白陈列说明中所碰到问题的多方面性。一个研究员在很多方面"万金油"的常识，有时比专家权威还重要得多。

从生活表面看来，我可以说"完全完了，垮了"。什么都说不上了。因为如和一般旧日同行比较，不仅过去老友如丁玲，简直如天上人，即茅盾、郑振铎、巴金、老舍，都正是赫赫烜烜，十分活跃，出国飞来飞去，当成大宾。当时的我呢，天不亮即出门，在北新桥买个烤白薯暖手，坐电车到天安门时，门还不开，即坐下来看天空星月，开了门再进去。晚上回家，有时大雨，即披个破麻袋。我既从来不找他们，即顶头上司郑振铎也没找过，也无羡慕或自觉委屈处。有三个原因稳住了我，支持了我：一、我的生活是党为抢救回来的，我没有自己，余生除了为党做事，什么都不重要。二、我总想念着在政治学院学习经年。每天在一起的那个老炊事员，我觉得向他学习，不声不响干下去，完全对。三、我觉得学习用《实践论》、《矛盾论》、辩证唯物论搞文物工作，一切从发展和联系去看问题，许多疑难问题都可望迎刃而解，许多过去研究中的空白点都可望得出头绪，面对新的历史科学研究领域实宽阔无边。而且一切研究为了应用，即以丝、瓷两部门的"古为今用"而言，也就有的是工作可做。所以当时个人生活工作即再困难，也毫无丝毫不快。一面工作，有时一面流泪，只是感到过去写作上"自以为是"犯的错误，愧对党、愧对人民而已，哪里会是因为地位待遇等等问题？

大致是一九五三年，馆中在午门楼上，举行"全国文物展"。我自然依旧充满了热情，一面学，一面做说明员。展出时间似相当长久，因此明白问题也较多。

后来才听说主席在闭馆时曾亲来看过两次。看过后很满意。问陪他的："有些什么人在这里搞研究？"他们回答："有沈从文……"主席说："这也很好嘛……"就是这一句话，我活到现在，即或血压到了二百三十，心脏一天要痛二小时，还是要想努力学下去，把待完成的《丝绸简史》、《漆工艺简史》、《陶瓷工艺简史》、《金属加工简史》一一完成。若果这十八年工作上有了错误，降我的级，作为一个起码工作人员，减我的薪，到三十，至多五十元，在这种情形下，只要我心脏支持得住，手边有工具书有材料可使用，工作还是可以用极端饱满热忱来完成。而且还深信，这工作是会在不断改正中搞得好的。为什么？因为我老老实实在午门楼上转了十年，搞调查研究，有些认识是崭新的，唯物的！我应当用工作来报答主席，报答党。

同样是一九五三年，似九月间，全国文代会第二次大会在怀仁堂举行，我被提名推为出席大会代表。我参加了大会。到左侧房子接见一部分代表时，主席和总理等接见了我们。由文化部沈部长逐一介绍。主席问过我年龄后，承他老人家勉励我

"年纪还不老，再写几年小说吧……"我当时除了兴奋感激，眼睛发潮，什么也没说。为什么？因为我前后写了六十本小说，总不可能全部是毒草，而事实上在"一·二八"时，即有两部短篇不能出版。抗战后，在广西又有三部小说稿被扣，不许印行。其中一部《长河》，被删改了许多才发还，后来才印行。二短篇集被毁去。解放后，得书店通知，全部作品并纸版皆毁去。时《福尔摩斯侦探案》、《封神演义》、《啼笑因缘》还大量印行，老舍、巴金、茅盾等作品更不必说了。我的遭遇不能不算离奇。这次大会经主席接见，一加勉慰，我不能自禁万分感激而眼湿。给我机会在写作上再来补过赎罪。照我当时的理解，这对我过去全部工作，即无任何一个集子肯定意义，总也不会是完全否定意义。若完全否定，我就不至于重新得到许可出席为大会代表了，不至于再勉励我再写几年小说了。

这勉励，只增加我感激和惭愧。这经过，即家中人我也没有说，只考虑我应当怎么办。由于学习了几年主席关于文艺的许多指示，从工作全面去考虑，照"文艺面向工农兵"的原则，我懂的多是旧社会事件问题，而对新社会问题懂得极少，即或短期参加过土改、五反，较长时间却在午门楼上陈列室、文物库房、图书室。若重新搞写作，一切得从新学习。照我这么笨拙的人，不经过三年五载反复的学、写、改，决不会出成果。同时从延安随同部队，充满斗争经验，思想又改造得好的少壮有为，聪明才智出众超群的新作家又那么多。另一方面，即博物馆还是个新事业，新的研究工作的人实在并不多。老一辈"玩古董"方式的文物鉴定多不顶用，新一辈从外来洋框框"考古学"入手的也不顶用，从几年学习工作实践中已看出问题。同级研究工作人员，多感觉搞这行无出路，即大学生从博物馆系、史学系毕业的，也多不安心工作。我估计到我的能力和社会需要，若同样用五六年时间，来继续对文物作综合研究，许多空白点，一定时期都可望突破，或取得较大进展。我再辛苦寂寞，也觉得十分平常，而且认为自然应当，十分合理了。

因此我就一直在午门楼上转了十年，学了十年。许多旧日同行，学校同事，都认为是不可解的！

工作不可免遇到许多困难，有来自外部的，也有出于本身的。来自外部，多由于不明白许多工作是崭新的、创始的，带试探性，不可免会走些弯路，必须不断改正，才可望逐渐符合事实，得出正确认识。正应合了前人所说"民可乐成而难创始"，必见出显明成绩后，才会得到承认。例如我搞绸缎服装，馆中同志起初即多以为是由个人兴趣出发，不是研究中必需的，不明白它用在许多方面，都有一定作用。直到我写出篇有关锦缎论文时，同行中才明白，这里面还有那么些问题，为从来写美术史的所不知。且就这一部门举几个小例，就可证明搞绸缎可不是什么个人兴趣了。

一、本馆建馆时，派过两位同志去上海征集文物，花一千五百元买来一部商人担保是北宋原装原拓《圣教序》。这部帖据说还经由申博专家代为鉴定的。拿来一看，不必翻阅即可断定说的原装大有问题。为什么？因为封面小花锦是十八世纪中期典型锦，什么"担保"谎话，什么专家"权威"鉴定，若有了点锦缎常识，岂不是一下即推翻？

二、传世有名的《洛神赋图》，全中国教美术史的、写美术史的，都人云亦云，以为是东晋顾恺之作品，从没有人敢于怀疑。其实若果其中有个人肯学学服装，有点历史常识，一看曹植身边侍从穿戴，全是北朝时人制度；两个船夫，也是北朝时劳动人民穿着；二驸马骑士，戴典型北朝漆纱笼冠。那个洛神双鬟髻，则史志上经常提起出于东晋末年，盛行于齐梁。到唐代，则绘龙女、天女还使用。从这些物证一加核对，则《洛神赋图》最早不出展子虔等手笔，比顾恺之晚许多年，那宜举例为顾的代表作？

三、东北博物馆藏了一批刻丝，是全国著名而世界上写美术史的专家也要提提的。因为在伪满时即印成了一部精美图录，定价四百元，解放后在国内竟卖到三千元一部。六三年人民美术出版社还拟重印，业已制版。东北一个鉴定专家在序言中说得天花乱坠。其实内中年代多不可靠。有个"天官"刻丝相，一定说是宋代珍品，经指出，衣上花纹是典型乾隆样式，即雍正也不会有，才不出版。其实内中还有许多幅清代作品当成宋代看待。

四、故宫几年前曾花了六七百元买了个"天鹿锦"卷子，为了上有乾隆题诗，即信以为真。我当时正在丝绣组作顾问，拿来一看，才明白原来只是明代衣上一片残绣，既不是"宋"也不是"锦"。后经丝绣组一中学毕业工作同志，作文章证明是明代残料。那么多专家，还不如一个初学丝绸的青年知识扎实。为什么？故宫藏丝绸过十万，但少有人考虑过"要懂它，必须学"的道理。至于那个青年，却老老实实，看了几万绸缎，有了真正发言权。

五、故宫以前花了几百两黄金，收了幅乾隆题诗认为隋展子虔手迹，既经过鉴定，又精印出来，世界流传，写美术史的自然也一例奉若"国宝"。其实若懂得点历代服装冠巾衍变，马匹装备衍变，只从这占全画不到一寸大的地位上，即可提出不同怀疑，衣冠似晚唐，马似晚唐，不大可能出自展子虔之手。

此外如著名的《簪花仕女图》的时代，韩滉《五牛图》的伪托，都可提出一系列物证，重新估价。过去若肯听听我这个对于字画算是"纯粹外行"提出的几点怀疑，可能就根本不必花费那以百两计的黄金和十万计的人民币了。其中关键处就是"专家知识"有时没有"常识辅助"，结果就走不通。而常识若善于应用，就远比专家得力。

就目前说来，我显明还是个少数派。因为封建帝王名人收藏题字，和现代重视的鉴定权威，还是占有完全势力，传统迷信还是深入人心，谈鉴定字画，我还是毫无发言权。可是我却深信，为新的文物鉴定研究，提出些唯物的试探，由于种种限制，尽管不可免会有各种错误，总之，工作方法是新的，而且比较可靠。破除迷信是有物质基础，不是凭空猜谜人云亦云的。将来必然会发展为一种主要鉴定方法。

我在前面随手举的几个例子，只在说明，我始终留在博物馆不动原因，不是为了名、利、权、位，主要是求补过赎罪。搞的研究，不是个人兴趣，而是要解决一系列所谓重要文物时代真伪问题。不是想做专家权威，正是要用土方法，打破在文物界中或历史上的一切专家"权威"，破除对他们千年来造成的积习迷信，为毛泽东时代写新的中国文化史或美术史，贡献出点点绵薄之力。

这十八年中，我的工作另外方面犯了许多大小错误，曾初次做过大小六十多次的检讨。一定还有不少未提到处。我的学习方法，工作方法，必然也还有待不断改善，并反复检讨和自我批评。现在只是就主席勉励我写作，我没有照指示作去，依旧留在博物馆的前因后果，前后思想，就个人记忆到的说明一下。这里自然包含一点希望，就是可以明白我根本不是什么专家"权威"，而我的学习，却近于由无到有，用土方法，依照主席《实践论》的指示，搞调查研究，来破除文物鉴定的传统"迷信"、传统"权威"，不问是徽宗乾隆帝王，都可以加以否定！一切努力，都是在对专家"权威"有所"破"、有所否定的。

我希望在学习改造中，心脏和神经还能支持，不至于忽然报废，而能把许多待进行、待完成的工作，比较有系统有条理完成一部分就好！

六三年政协大会，我曾提案建议，将京郊上方山藏明锦①，经过故宫派人看选过的约一千七百种，

---

① 明锦　指庙宇中所存明代《大藏经》用织锦装裱的经面、经套，近数十年间大量被盗出国外，已所剩不多。

调来北京。这案通过后，文化部或故宫已共同派人把原物调来，现存故宫丝绣组。那么一份材料，内中当然包含许多问题，必须加以整理，才能说明白糟粕和精华。若由对问题陌生人去清理，一年半载中恐怕搞不出结果。若让我去参加，至多有十天半月，即可将问题弄清楚，明白来龙去脉，写出简明报告。也算是完成一件工作。所以我希望在不久将来，得到解放后[①]，还能抢时间，先解决下这个问题。

照我个人认识水平，破四旧中的"破"，除对旧文化中特别有由于帝王名人、专家权威、狡诈商人共同作成的对于许多旧文物的价值迷信，以为是什么"国宝"的许许多多东西，并不是一把火烧掉或捣毁，而是用一种历史科学新方法，破除对于这些东西的盲目迷信，还它一个本来面目。我的工作若或多或少还能起点作用，就继续做下去。我估计，数年前旧文化部聘请的几个鉴定字画专家"权威"，在国内鉴定的所谓"国宝"，若能用新的方法去重新检查一下，可能还有上千种都是可以证明根本不是

---

① 实际上作者被宣布"解放"的时间，还在七个月之后。

那回事，只能当作"处理品"看待，至多也只是"参考品"而已。

如我这个工作，在新社会已根本不需要，已不必要，在工作中又还犯了严重过失，就把我改为一个普通勤杂工，以看守陈列室，兼打扫三几个卫生间，至多让我抄抄文物卡片，我也将很愉快、谨慎、认真，来完成新的任务，因为这也近于还我一个本来面目。在新社会就我能做的做去，正是最好补过赎罪的办法！我吃了几十年剥削饭，写了许多坏文章，现在能在新社会国家博物馆作个陈列室的看护员，或勤杂工，只要体力还顶用，一定会好好做去，不至于感到丝毫委屈的。如果在新指示推动下，本馆工作将进入人事精简时期，商讨到职工去留，从客观说，我的所学，在新社会博物馆工作中已并没有多大需要，从我体力说，又实在担负不了工作任务，只近于指指点点说空话，凡是要用体力解决的我都已办不了，高血压又已定型，身体报废不过迟早间事，为了国家节约，把我放在第一批精简人数之内，我也将愉快接受。即或不做事，到馆中新的改陈要遇到一系列常识问题不好解决时，还是会就我头脑中记下的、理解的，一一提出。外单位美术教育若有新的教材，照新要求应从"劳动文化"着眼，以劳动人民成就贡献占主要地位，求措词得体有分寸，感到难于下笔，要问到时，我的点点滴滴常识，大致还得用，一定也会就记忆到的、理解到的一一说去。在完全尽义务情形下，把工作搞好一点。

人老了，要求简单十分，吃几顿饭软和一点，能在晚上睡五六小时的觉，不至于在失眠中弄得头脑昏乱沉重，白天不至于忽然受意外冲击，血压高时头不至于过分感觉沉重，心脏痛不过于剧烈，次数少些，就很好很好了。至于有许多预期为国家为本馆可望进行、可望完成的工作，事实上大致多出于个人主观愿望，不大会得到社会客观需要所许可，因为社会变化太大，这三年来我和这个空前剧烈变化的社会完全隔绝，什么也不懂了。即馆中事，我也什么都不懂了。

正因为对世事极端无知，我十分害怕说错话。写这个材料出来，究竟是不是会犯大错误，是不是给你们看了还可请求将来转给中央文革，当成一个附带材料[①]？因为若不写出来，即或我家中也不大懂得我这十多年在博物馆，究竟为什么而学，学的一切又还有什么用？

---

　　① 本文原稿是作者获"解放"以后，发还给他的材料之一。可见未能如愿转给中央文革。

# 我为什么强调资料工作[①]

我是个不称职研究员，多年来对人民毫无贡献，却享受了各种优厚待遇，实对不起人民。万分对不起人民。主要过失是强调资料工作，而并没有把它搞好。历博陈列，应以毛泽东思想红线为纲，说明人民是历史的主人，是一切文化的创造者。但是，我总把这件事当成馆领导的责任，首先是几个馆长是主要负责人，应有真正深刻的认识，其次为陈列主任及各业务部门主任。研究员的职责，从习惯上说，即是明白材料、鉴别材料、分析材料、批判材料，在应用时建议能不能用，并如何用它。比如说，《潞河督运图》重要处，可以明白南粮北运的情形，到清代是种什么情形。主要是从隋代开南北运河以来，到清代还使用它剥削压榨南方农民，年运粮至数百万石。有了这点基本认识，即可建议应陈

---

① 这一篇也是"文革"中写的材料。

列两个部分，一是千百船夫如何沿河拉船的劳动状况，二是这大量粮食如何囤积处理的情况。《清明上河图》情形有相似处，也有不同处。南粮北运是相同点，但船只式样有区别，不同于清代，所以也可把各式船只作重点。据史志记载，当时公家约有运粮船二千三百余艘，总运数达六七百万石。特别是分段还设有闸门，节调水位，约二十余处。搞研究的就有责任注意，宋人《上河图》中虽有局限性，不曾具体表现水闸制度；清代《南巡图》黄河和其他部分，却可以见到十分写实的水闸制度。若陈列谈到宋代廿三个调节水位闸门制度时，虽无直接材料，至少还可引用时间较后的材料，作为附属材料参考。这些杂知识的应用，个人认为就是研究员应有知识和应尽责任。陈列时，不可免要形象材料，要用它，必先得懂它，不能临时抓。必心有成竹，才可望在陈列上的科学性得到具体体现。（我常说的馆中工作有些不过关，即指这类事情而言。）又如宋代农民起义中，统治者滥用民力，照权臣朱勔出主意，在南方大运花石，凡是人家所有的奇花异石，都派人破门毁墙挖走，若这种暴政要作为农民起义主题画的附陈品，或连环画中的一幅，求生动活泼而又有科学性的表现，自然也就得多懂些宋代南方街市情形，宅院民居情形。宋人画中反映种种不同的街市宅院和平民形象，知道多一点，具体一点，当然比什么都不知临时抓瞎似为省事合理。我注意它，也就是为了馆中要应用它。没有这种调查研究，我们怎么希望搞好陈列？这些事想依靠什么科学院专家实不可能，他们毫无兴趣做，也不好做。真正解决还是自力更生，从学习摸索。这种工作既费力又难见好，更无名利可言，因为除陈列上需要，其他都用不上。我不怕麻烦的，辛辛苦苦的，来为内容组做准备，得到的却是一个"牛鬼蛇神"名分。马列主义毛泽东思想重实事求是，若这种实事求是的研究工作方法，完全一律加以否定，我认为是违反毛主席谆谆告诫我们的调查研究工作方法，也不合辩证法的。

举这一个例，可以明白好些问题。比如要李之檀在业余时间中把交通工具中所见车船乘骑冰橇筏等等随时留心勾下，也正是为了陈列上的"未雨绸缪"，到时一查即知。我们图书室卡片制或期刊目录索引制，工作组同志都承认实在少不了。越详检查越方便，对工作大有好处。怎么同样的工作，用为形象的参考，对美工组和内容组都十分有用的资料工作，便成为一种过失？本来是应当鼓励的大家都肯定的工作，反而成为被批评的对象？我认为若主要只在是为打击我，那就不必说了。若同志们真的能照毛主席指示要来说道理，摆事实，李之檀的工作应当受鼓励。也应受批评，即说是初初做来做得不够细致，不能如图书室卡片和保管处文物卡片箱有条理。但是要知道一个人业余工作，为公家储备那么些资料，比其别的人专搞自留地来说，大家试想想，究竟谁对？我认为之檀工作是对本馆有益的。若美工组多有几个如之檀肯这么留心的，显然对将来本馆大修改陈列时，面临到一系列现实形象问题求解决，好些事即可以迎刃而解，不必要临时去这里问，那里请教了！

再举一个例，如绘元末农民起义场面，起义人民如何和统治者爪牙搏斗，如何攻击庄园，人民的材料、官军的材料（包括军营制度，军乐等等）、地主庄园的材料，先有个准备，岂不是比临时抓省事些？毛主席告我们"不打无准备的仗"，并且总说调查研究的重要，照我理解，我这十六年在馆工作，大部分都是为了一个崭新社会主义国家博物馆研究员应做的工作，正因工作涉及范围太广泛，个人史部学底子又较差，因之做得点点滴滴，零零碎碎，不成系统。但是作为一个国家历史博物馆研究工作人员而言，已只能做到"对各部门都有一点常识"为止。充满朝气的年青同事，在党领导下，在毛泽东思想指导下，对于新的改陈工作，一定做得又快又好是理所当然的。但资料工作很好的进行，据我个人目前认识，还是有必要做下去，才可望符合新的社会要求。照目下情况说来，我们这方面底子是实在太薄弱，而不是太充实了。由薄弱到充实，不是一年二年所能办得到，是要从实践做去才会见功的。

大家不是把资料室几万个卡片一律当成"牛鬼蛇神"看待吗？这个笼统提法，似可研究。若真的全是牛鬼蛇神，那就不必保留，可以一火而尽。但事实可不是这样。内中不仅有许多阶级斗争史材料，也有更多能说明生产发展史的材料，科技发明史的材料，物质文化史的材料。保管部门同志，若不是做过综合研究，是不可能明白清楚的。所以我主观设想，革命委员会与其要我写思想材料，使得我头脑沉重到几乎发狂，却什么也写不出，对国家说实在极不经济，是不是可以考虑一下，趁我脑子和心脏还得用时，争时间来整理一两个卡片箱，名目错误，时代不对，以及问题就我知道的写到卡片上。要说劳动，这倒也真的是一种劳动。我自己知道，再过一二年，即欢迎我来做，精力也不许可了。

# 文史研究必需结合文物

七月十八日《文学遗产》刊载了一篇宋毓珂先生评余冠英先生编《汉魏乐府选注》文章，提出了许多注释得失问题。余先生原注书还未读到，我无意见。惟从宋先生文章中，却可看出用"集释法"注书，或研究问题，评注引申有简繁，个人理解有深浅，都同样会碰到困难。因为事事物物都在不断发展和变化，文学、历史或艺术，照过去以书注书方法研究，不和实物联系，总不容易透彻。不可避免会如纸上谈兵，和历史发展真实有一个距离。这里涉及的是一个"方法"问题。古代鸿儒如郑玄，近代博学如章太炎先生，假如生于现代而治学方法不改变，都会遭遇到同样困难；且有可能越会贯串注疏，越会引人走入僻径，和这个时时在变化的历史本来面目不符合。因为社会制度和事物，都在不断发展变更，不同事物相互间又常有联系，用旧方法搞问题，是少注意到的。例如一面小小铜镜子，从春秋战国以来使用起始，到清代中叶，这两千多年就有了许多种变化。装镜子的盒子、套子，搁镜子的台子、架子，也不断在变。人使用镜子的意义又跟随在变。同时它上面的文字和花纹，又和当时的诗歌与宗教信仰发生过密切联系。如像有一种"西王母"镜子，出土仅限于长江下游和山东南部，时间多在东汉末年，我们因此除了知道它和越巫或天师教有联系，还可用它来校定几个相传是汉人作的小说年代。西汉镜子上面附有年款的七言铭文，并且是由楚辞西汉辞赋到曹丕七言诗两者间唯一的桥梁（记得冠英先生还曾有一篇文章谈起过，只是不明白镜子上反映的七言韵文，有的是西汉有的是三国，因此谈不透彻）。这就启示了我们的研究，必需从实际出发，并注意它的全面性和整体性。明白生产工具在变，生产关系在变，生产方法也在变，一切生产品质式样在变，随同这种种形成的社会也在变。这就是它的发展性。又如装饰花纹，一个时代有一个时代的风格；反映到漆器上是这个花纹，反映到陶器、铜器、丝绸，都相差不多。虽或多或少受材料和技术上的限制，小有不同，但基本上是彼此相似的。

这就是事物彼此的相关性。单从文献看问题，有时看不出，一用实物结合文献来做分析解释，情形就明白了。这种做学问弄问题的方法，过去只像是考古学的事情，和别的治文史的全不相干。考古学本身一孤立，联系文献不全面，就常有顾此失彼处，发展也异常缓慢。至于一个文学教授，甚至一个史学教授，照近五十年过去习惯，就并不觉得必需注意文字以外从地下挖出的，或纸上、绢上、墙壁上，画的、刻的、印的，以及在目下还有人手中使用着的东东西西，尽管讨论研究的恰好就是那些东东西西。最常见的是弄古代文学的，不习惯深入史部学和古器物学范围，治中古史学的，不习惯从诗文和美术方面重要材料也用点心。讲美术史的，且有人除永远对"字画同源"发生浓厚兴味，津津于绘画中的笔墨而外，其余都少注意。谈写生花鸟画只限于边鸾、黄筌，不明白唐代起始在工艺上的普遍反映。谈山水画只限于王、李、荆、关、董、巨，不明白汉代起始在金银错器物上、漆器上、丝绸上、砖瓦陶瓷上，和在各处墙壁上，还留下一大堆玩意儿，都直接影响到后来发展。谈六法中气韵生动，非引用这些材料就说不透。谈水墨画的，更不明白和五代以来造纸制墨材料技术上的关系密切，而晕染技法间接和唐代印染织物又相关。更加疏忽处是除字画外，别的真正出于万千劳动人民集体创造的工艺美术伟大成就，不是不知如何提起，就是浮光掠影地一笔带过。只近于到不得已时应景似的找几个插图。这样把自己束缚在一种狭小孤立范围中进行研究，缺少眼光四注的热情，和全面整体的观念，论断的基础就不稳固。企图用这种方法来发现真理，自然不免等于是用手掌大的网子从海中捞鱼，纵偶然碰中了鱼群，还是捞不起来的。

王静安先生对于古史问题的探索，所得到的较大成就，给我们树立了一个新的工作指标。证明对于古代文献历史叙述的肯定或否定，都必需把眼光放开，用文物知识和文献相印证，做新史学和文化各部门深入一层认识，才会有新发现。我们所处的时代，比静安先生时代工作条件便利了百倍，拥有万千种丰富材料，但一般朋友做学问的方法，似乎依然还具保守性，停顿在旧有基础上。社会既在突飞猛进中变化，研究方面不免有越来越落后于现实要求情形。有些具总结性的论文，虽在篇章中加入了新理论，却缺少真正新内容。原因是应当明确提起的问题，恰是还不曾认真用心调查研究分析理解的问题。这么搞研究，好些问题自然得不到真正解决。这是一个"认识"问题，也是一个"思想"问题，值得全国治文史的专家学人，正视这一件事情。如果领导大学教育的高等教育部，和直接领导大学业务的文史系主任，都具有了个崭新认识，承认唯物史观应用到治学和教学实践上，是新中国文化史各部门研究工作一种新趋势和要求，想得到深入和全面的结果，除文献外，就不能不注意到万千种搁在面前的新材料。为推进研究或教学工作，更必需把这些实物和图书看得同等重要，能这么办，情形就会不同许多了。因为只要我们稍稍肯注意一下近五十年出土的材料，结合文献来考虑，有许多过去难于理解的问题，是可望逐渐把它弄清楚的。如对于这些材料重要性缺少认识，又不善于充分利用，不拘写什么，注什么，都必然会常常觉得难于自圆其说，而给人以隔靴搔痒之感。特别是一面尽说社会是在发展中影响到各方面的，涉及生活中的衣食住行和器物花纹形式制度，如不和实物广泛接触，说发展，要证据时实在不可能说得深入而具体。照旧这么继续下去，个人研究走弯路，还是小事。如果这一位同志，他的学术研究工作又具有全国性，本人又地位高，影响大，那么走弯路的结果，情形自然不大妙。近年来，时常听人谈起艺术中的民族形式问题，始终像是在绕圈子，碰不到实际。原因就是谈它的人并没有肯老实具体下点工夫，在艺术各部门好好的摸一个底。于是社会上才到处发现用唐代黑脸飞天作装饰图案，好像除此以外就没有民族图案可用似的。不知那个飞天本来就并非黑脸。还有孤立的把商周铜器上一些夔龙纹搬到年轻女孩子衣裙上和舞台幕布上去的。这种民族形式艺术新设计，自然也不会得到应有成功。最突出不好看的，无过于北京交道口一个新电影院，竟把汉石刻几辆马车硬生生搬到建筑屋顶上部去做为主要装饰。这些现象怪不得作设计的年轻朋友，却反映另外一种现实，即教这一行的先生们，涉及装饰设计民族形式时，究竟用的是什么教育学生！追根究底，是人之师不曾踏实虚心好好向遗产学习，具体提出教材的结果。"乱搬"的恶果，并不是热心工作年轻同志的过失，应当由那些草率出书，马虎教学的人负更多责任的。不把这一点弄清楚，纠正和补救也无从做起。正如谈古典戏的演出，前些时还有人在报纸上写文章提起，认为《屈原》一戏演出时，艺术设计求忠于历史，作的三足爵模型和真的一模一样。事实上屈原时代一般人喝酒，根本是不用爵的。楚墓和其他地方战国墓中，就从无战国三足爵出土，出的全是羽觞。戏文中屈原使用三足爵喝酒，实违反历史的真实，给观众一种错误印象，不是应当称赞的！反回来看看，人面杯式的羽觞的出土年代，多在战国和汉代，我们却可以用它来修正晋代束皙所谓羽觞是周公经营洛邑成功而创始的解释。

如上所说看来，就可知我们的研究工作，或教学工作，都必需和新的学习态度相结合，才可望工作有真正的新的展开。如果依旧停顿在以书注书阶段，注《诗经》、《楚辞》，固然要碰到一大堆玩意儿，无法交代清楚具体。即注《红楼梦》，也会碰到日常许多吃用玩物，不从文物知识出发，重新学习，做注解就会感觉困难或发生错误。目下印行的本子，许多应当加注地方不加注解，并不是读者已经懂得，事实上倒是注者并不懂透，所以避开不提。注者不注，读者只好马马虎虎过去。这对于真的研究学习来说，影响是不很好的。补救方法就是学习，永远虚心的学习。必需先做个好学生，才有可能做个好先生。

我们说学习思想方法不是单纯从经典中寻章摘句，称引理论。主要是从实际出发，注意材料的全面性和不断发展性。若放弃实物，自然容易落空。苏联科学家伊林说，我们有了很多用文字写成的书，搁在图书馆，还有一本用石头和其他东东西西写成的大书，埋在地下，等待我们去阅读。中国这本大书内容格外丰富。去年楚文物展览和最近在文化部领导下，午门楼上那个全国出土文物展览，科学院考古所布置的河南辉县发掘展览，历史博物馆新布置的河北望都汉墓壁画展览，及另一柜曹植墓出土文物展览，就为我们新中国学术研究提供了许多无比重要的资料。大如四川"资阳人"的发现，已丰富了旧石器时代晚期中华民族的分布区域知识。全国各地新石器中的石镰出土，既可说明史前中华民族农耕的广泛性，修正了过去说的商代社会还以游猎为主要生产的意见，也可说明西周封建农奴社会的经济基础，奠定男耕女织的原因。小如四川砖刻上反映的弋鸿雁时的矰缴架子，出土实物的汉代铁钩盾，都能具体解决问题，证明文献。还有说明燕国生产力发展的铁范，说明汉代南海交通的木船，说明汉代车制上衡轭形象的四川车马俑，说明晋缥青瓷标准色釉的周处墓青瓷，说明青釉陶最原始形象的郑州出土殷商釉陶罐，一般文史千言万语说不透的，一和实物接触，就给人一种明确印象。这还只是新中国建设第一年，十五万件出土文物中极小一部分给我们的启示。另外还有许多种新旧出土十分重要的东西，实在值得专家学者给以应有的注意。近三百年的实物，容易损毁散失的，更需要有人注意分别收集保存。这工作不仅仅是科学院考古所诸专家的责任，应当是新中国综合性大学文史研究者共同的目标；也是一切美术学校教美术史和实用美术形态和花纹设计重要学习的对象。因此个人认为高教部和文化部目下就应当考虑到全国每一大学或师范学院，有成立一个文物馆或资料室的准备。用它和图书馆相辅助，才能解决明天研究和教学上种种问题。新的文化研究工作，能否有一种崭新的气象，起始就决定于对研究工作新的认识上和态度上，也就是学习的新方法上。即以关于余、宋二先生注解而论（就宋引例言），有始终不能明白地方，如果从实物注意，就可能比较简单，试提出以下数事，借作参考：

第一条"帩头"，引证虽多，但仍似不能解决。特别是用郑玄注礼，碰不到实际问题。因头上戴的裹的常在变，周冠和汉冠已不相同，北朝漆纱笼冠和唐代四脚幞头又不同。宋先生用"以书注书"方法是说不清楚的。若从实物出发，倒比较省事。"少年"极明显指的是普通人，就和官服不相干，应在普通人头上注意。西蜀、洛阳、河北各地出土的汉瓦俑，河北望都汉书，山东沂南石刻，和过去发现的辽阳汉画，山东汉石刻，和时代较后的十七孝子棺石刻，及画本中的《北齐校书图》《斫琴图》《洛神赋图》，及敦煌壁画上面都有少年头上的冠巾梳裹可以印证。

第二条关于跪拜问题，从文字找证据做注解，也怕不能明白清楚。因为汉人跪拜有种种形式；例如沂南石刻和辽宁辽阳营城子画有全身伏地的，山东武梁石刻有半伏而拜的。另外也有拱手示敬的，还有如曹植诗作"磬折"式样的。余注系因敦煌唐画供养人得到印象汉石刻有这一式。宋文周折多，并不能说明问题。因诗文中如用"长跪问故夫"的意思，就自然和敬神行礼不是一样！接近这一时期的石刻却有不少长跪形象！

第三条余注不对，宋注也和实际不合。试译成白话，可能应作"不同的酒浆装在不同的壶樽中，酒来时端正彩漆飑勺、为客酌酒"。酌的还大致是羽觞式杯中，不是圆杯，也不是商周的爵。长沙有彩绘漆飑勺出土，另外全国各地都出过朱绘陶明器勺。汉人一般饮宴通用"羽觞"，极少发现三足爵。曹植《箜篌引》中的"乐饮过三爵"，诗意反映到通沟墓画上，也用的是羽觞。在他本人的墓中，也只挖出羽觞，并无三足爵。如仅从文字引申，自然难得是处。

第五条"媒人下床去"，汉人说床和晋人的床不大相同。床有各式各样，也要从实物中找答案，不然学生问道："媒人怎么能随便上床？"教员就回答不出。若随意解释是"炕头"，那就和二十年前学人讨论"举案齐眉"的"案"，勉强附会认为是"碗"，才举得起，不免以今例古，空打笔墨官司。事实上从汉代实物注意，一般小案既举得起，案中且居多是几只羽觞耳杯，圆杯子也不多！《孔雀东南飞》说的床，大致应和《北齐校书图》的四人同坐的榻一样，不是《女史箴图》上那个"同床以疑"的床。那种床是只夫妇可同用的。

第八条"柱促使弦哀"，明白从古诗中"弦急知柱促"而来。余说固误，宋注也不得体。宋纠正谓琴、瑟、筝、琶都有柱，而可以移动定声，和事实就不合。琵琶固定在颈肩上的一道一道名叫"品"，不能移。七弦琴用金、玉、蚌和绿松石作徽点，平嵌漆中，也不能移。"胶柱鼓瑟"的"柱"，去年楚文物展战国时的二十三弦琴，虽没有柱，我们却知道它一定有：一从文献上知道，二从击弦方法上知道，三从后来的瑟上知道。柱是个八字形小小桥梁般东西，现在的筝瑟还用到！唐人诗中说的雁行十三就指的是筝上那种小小八字桥形柱（新出土河南信阳锦瑟已发现同式柱）。

第九条"方相"问题，若从文献上看，由周到唐似无什么不同。从实物出发看看，各代方相形貌衣着却不大相同，正如在墓中的甲士俑各时代都不相同一样。那首诗如译成现代语言，或应作"毁了的桥向出丧游行的方相说：你告诉我不胡行乱走，事实上可常常大街小巷都逛到。你欺我，你哪能过河？""欺"作"弃"谐音，还相近。意思即"想骗我也骗不了我！"后来说的"不用装相"，意即如方相那么木头木脑，还是一脉传来，可作附注。大出丧的游行方相是纸扎的，后人称逛客叫"空老官"，也是一脉相传。这些知识一般人都不知，大学专家大致也少注意到了。如照宋说"相呀，我哪能度你？"倒不如原来余注简要，事实上两人对它都懂不透。

第十二条关于草履纠正也不大妥。宋说"草履左右二只，以线结之，以免参池"，引例似不合。南方草履多重叠成一双。原诗说的则明明是黄桑柘木做的屣和蒲草编的履，着脚部分都是中央有系两边固定，意即"两边牵挂拿不定主意"，兴而比是用屣系和履系比自己，底边两旁或大小足趾比家庭父母和爱人，一边是家庭，一边是爱人，因此对婚姻拿不定主意。既不是"婚姻和经济作一处考虑"，也不是"女大不中留"。这也是要从西南四川出土俑着的履和西北出土的汉代麻履可以解决，单从文字推想是易失本意的。

第十三条"跰跋黄尘下"，译成如今语言，应当是"在辟里喇叭尘土飞扬中"。宋注引申过多，并不能清楚。一定要说在黄尘下面，不大妥。原意当出于《羽猎赋》和枚乘《七发》叙游猎，较近影响则和曹植兄弟诗文中叙游猎之乐有关，形象表达较早的，有汉石刻和空心大砖，稍晚的有通沟图，再晚的有敦煌西魏时的洞窟狩猎壁画和唐代镜子图案反映，都十分具体，表现在射猎中比赛本领的形象！

从这些小小例子中，我们也可以看出，新的文史研究，如不更广泛一些和有关问题联系，只孤立用文字证文字，正等于把一桶水倒来倒去，得不出新东西，是路走不通的。几首古诗的注，还牵涉许多现实问题，何况写文学史，写文化史？朋友传说北京图书馆的藏书，建国后已超过五百万卷，这是我们可以自豪的一面。可是试从图书中看看，搞中古雕刻美术问题的著作，他国人越俎代庖的，云冈部分就已出书到三十大本，我们自己却并几个像样的小册子也还没有，这实在格外值得我们那些自以为是这一行专家学者深深警惕！这五百万卷书若没有人善于用它和地下挖出来的，或始终在地面保存的百十万种不同的东西结合起来，真的历史科学是建立不起来的！个人深深盼望北京图书馆附近，不多久能有一个收藏实物、图片、模型过百万件的"历史文物馆"一类研究机构出现。这对于我们新中国不是做不到的，是应当做，必需做，等待做，或迟或早要做的一件新工作。但是否能及早做，用它来改进新中国文史研究工作，和帮助推动其他艺术生产等等工作，却决定于我们对问题的认识上，也就是对于问题的看法上。据我个人意见，如果这种以实物和图片为主的文物资料馆能早日成立，倒是对全体文史研究工作者一种非常具体的鼓励和帮助。实在说来，新的文史专家太需要这种帮助了。

# 沈从文自传

我本名沈岳焕，离开家乡到北京后，改名沈从文。初写文章时用过"休芸芸"作笔名，一九三〇年以后，又用"上官碧"笔名发表过些作品。我的主要工作是小说写作，生活收入靠稿费，到学校后兼靠薪金。书籍出版时也可得到一点版税，但是数目极少。一九三三年秋天在北平结婚，爱人张兆和生了两个孩子，第二个生下刚满月，抗日战争发生，一家先后到了云南昆明，我到西南联大教书，爱人张兆和也在云南乡下中学教了六年书。复员时转入北大国文系。从一九二六年起直到解放前夕，我主要工作是写作，自己学写，教人学写，写作方法和态度，完全是受十九世纪欧洲作家的自由主义影响。和我写作发生稿件经济关系的，主要有以下一些活人：《现代评论》的丁西林、赵其文，新月书店的罗隆基，北新书局的李小峰，《小说月报》及后来开明书店的叶绍钧、徐调孚，良友图书公司的赵家璧，《文艺月刊》的左恭,《现代杂志》的施蛰存,《文学月刊》的傅东华,《国闻周报》的王芸生,平明出版社的巴金,及在上海、香港编《大公报》的杨刚、萧乾,在昆明作刊物编辑的林元、熊锡元、熊剑英等人。因为一遇到生活上周转不来,就得向这些编辑借取稿费或版税。此外还有当时的光华、现代、生活、大东等书店老板。我大部分习作,是通过这些负责的报刊编辑出版的。

印行的一些作品,解放前从来没有得到应得的物质报酬,也没有能力和人去争,并且还认为极其自然。有些稿件在付印时又烧掉了,难过一阵就算了,还是继续坚持工作下去。原因简单,我的工作理想是终生从事写作,在习作过程中只能尽我个人能尽的力,忠于我理解到的问题,把它写得文字通顺,事情也尽情理一些。只记住十九世纪世界上许多作家的写作态度,特别是契诃夫。依照五四文学运动要求于一个作家的努力方法,认真尽力做我所能做到的,只希望通过长时期努力,写出些作品,对于新的中国短篇小说,在文字语言和内容两方面,或多或少有些新的表现成就,对后来接手人发生一点推动作用。能做到这样，我得到的报酬已够多了。做不到，我得不怕困难多努点力。同时作家如鲁迅、冰心、茅盾、巴金、老舍、张天翼、丁玲等人的成就，也不断刺激我在工作上的一种竞争心，以为每条路都是到罗马的，大家相熟或不相熟并无关系，只要各自努力，会各在试验中共同把生产丰富起来。至于成就得失，不应当用吹嘘的方法争取，应当交给时间或历史，国内外千万读者，自有比较公平的判断。也因此我认为这工作并不是几个编辑以私见取舍，或商人给我几个钱的事情。因此工作在不易设想的困难寂寞情形中，还是支持下来了。我早就发现我自己，虽能用极力耐心和劳动克服工作上遭遇到的困难，但是毫无能力适应社会人事上的变故。形成这种种不是一天的事情，计有三方面的影响，支配到我的工作和信仰：一是一大堆书本，二是由小到大的社会环境，三是在生活思想上对我有影响的几个人。我工作上的得失，思想意识所受的限制，和这三方面的影响，关系极其密切。

## 一　书本的影响

书籍对我发生的影响，比人的影响大许多。

我并没有受过现代中学以上的教育，所以严格一点说来，还算不得一个知识分子。因此知识分子的许多好处，我都没有。因为学无专门，看的书就比较杂，年纪轻头脑消化力强，医卜星相什么都翻翻，早打下"杂学"底子。接触生活又比较广泛，社会上许多事物也引起我的浓厚兴趣，也引起我的永远恐怖，因此"五四"余波到我家乡湘西时，新报刊启发了我求新知的幻想，才跑到北京来学习写作，到北京由学习写作到教人习作，杂学底子更扩大了范围，即以小说而言，从千六百年前译的印度佛经故事，到十九、二十世纪的世界名著，凡是我能有机会看到的都看看。看这些或那些，又都是为了写作。我写的是小说，教的是小说，来往过从的朋友和学生，谈的也是小说的内容或问题，这么十年、二十年延续下来，生命中最重要的事情，自然也是小说，不是其他事情了。

我认识中国历史和社会，也是通过小说或近于小说的记载而来的。《史记》《汉书》中的传记，诸子中的杂故事，直到唐代以后的《李娃传》《莺莺传》《长恨歌》《金瓶梅》《三言二拍》《红楼梦》，我看来都觉得比论文动人得多。我认识俄国而且爱它，也是通过一堆小说作品，其中托尔斯泰、屠格涅夫、契诃夫、高尔基……的作品，给我的教育最深刻。读文学作品既然能够得到许多关于人的知识，产生一种向上的力量，因此更刺激了我"见贤思齐"的心情，希望自己也慢慢的通过个人毕生的劳动，能够写出一点比较成熟的东西，不仅对于在发展中的中国新文学有点益处，并且还有机会成为世界上其他国家广大人民认识中国和爱中国的桥梁。以己度人，我认为是应当做得到的。文学在某一方面能做到的，比帝王或政治家所起的好作用有时还更普遍、持久。因此更逐渐产生一种主观幼稚的空想，以为世界由于各种社会习惯不同，政治制度不同，以及民族自大成见和其他种种原因，形成的无形隔阂和障碍，如果从政治外交上的努力，始终不能完全得到解决，甚至于还加深这种隔阂时，文学艺术应能够起点好作用，帮助人彼此情感相通，能够由相互仇视防御转为相互尊重了解，经野心家、商人、宗教狂一类人煽起的坏影响，由文学把它去掉。使世界人类所谓周期性的战争威胁，转为持久和平。工作自然十分艰巨，但是显然会有一定成果。因此我认为凡是搞文学艺术的，用个三几十年的学习准备，时间不算太长。只要忠于工作，工作就会有或多或少的贡献。社会变动大，也会不可避免使工作完全失败，这也是世界文学史常有的事情。有些作家的工作（如歌德、托尔斯泰），固然能活得极其光辉，也有些作家在生活上完全败北（如曹雪芹），我个人渺小得很，不能不更加认真努力下去，用工作来锻炼自己，在工作上付出全部劳动力，并学习接受一切失败的痛苦。也不企图用其他简捷方法取得成功。

## 二　环境影响

我生长在湖南湘西一个小县城里，出身破落官僚地主家庭中，那地方主要特征是苗汉杂居。入过四个私塾和两处公立学校，才勉强从小学毕业。一再更换学校，因为受不住学校枯燥无味的旧书拘束，尽逃出学校接受另外一种环境教育。学校外天地极广阔，山河树木，乡场田野，事事都比当时读的书本好得多。城乡一切经常发生的斗牛课马，打架唱歌都产生于不同背景中，我一律把它收入印象中。小学毕业不多久，我就投入生活，在沅水流域过了几年极困难的流浪生活，见闻接触更加广泛。这种种很显然都对于后来写作发生影响。作品中一部分近于风景画，就由于这种影响。作品中对于有权势的官吏行为，常采取一种否定态度，对普通小市民特别是旧社会所谓"下贱人"，搞小手艺的或甚至于卖淫的，却充满了一种感情，也是这个环境影响形成的。由于我自己就是个平常人，在小市民中长期生活过来，有时甚至于求做一普通小市民也做不到。

其次是属于环境中另外一种人事影响，引起我逃避或否定的倾向。我生活在苗汉同居的地区，从极小时起就常看到当地统治者用种种理由，大规模屠杀当地苗人，只觉得十分凄惨可怕，也不可解。辛亥以后，地方各个小军阀在长期相互火并中，此伏彼起，一面还是继续这种残酷愚蠢的统治。做官的不问大小，生命中最重要的事是十个大字："杀人、抓权、找钱、赌博、吃喝。"此外像是再没有什么理想，什么幻想。这种现实环境实在太可怕了。我到的一个部队里，一个书记处六十多人床上就有四十支烟枪。"五四"余波到了那边远地方时，一些新书报鼓励我挣扎和这个可怕环境离开，到了北京。

来到北京又看到曹锟、吴佩孚、张作霖、张宗昌等等军阀此来彼去。掌握政权的还是武棒棒，内战打来打去，大帅督办一大堆，大都是有几十万人马在手下，对国家事从不怎么关心，对人民更十分残忍无情。这种人得来万千造孽钱，平时都放在外国银行，失败下野后就带了一群姨太太和马弁往租界一跑，让另外一伙来搞。当时北京还有一大群国会议员和官僚，过日子我看来也极离奇，大多数都像很有钱，北京城的饭馆、戏院、妓女堂子，都像为这些人开的。家中妇女有经年在牌桌子上讨生活的。还有一大群吃教饭的半洋奴，那种对外人的谄媚，以能说洋话当洋差就若高人一等的洋奴派头……处处都使我希奇。我本来是读书来的，还以为全北大都是半工半读的学生，到北京后才知道一部分大学生只是整天在宿舍玩牌、拉二胡，活下来也是一个"混"字。所以能混下去，首先是有几个钱。在这种情形下，使我更加觉得"权"和"钱"真是要不得。也更加觉得"知识"有意义。在军阀议员成天在报纸发通电宣言时，我只觉得这个社会恐怕得重新改变过来，才有希望。只有把这些军阀、官僚和附属物、寄生物去掉，换一批专门家，一群扎扎实实的工作者，来从科学和工业着手，才会有希望转好。政治既像永远是一群横强霸道的人勾心斗角争权夺利的活动，看不出什么光明，我的超政治理想因之而起。

北伐成功，社会起了巨大变化，万千青年人都向武汉参加革命去了，我没有动，我不参加。南方事真相无从得知。随后不久就是马日事变，只听说有万千人牺牲了，政治又回复到一种新军阀"大吃小"兼并情形中，从各方面看都看不出什么好转机会。我只觉得社会还必然在继续崩溃变化过程中，我的工作刚开始，如果还能有一点点作用，应当是争取工作的自由，给读者提起一点对于未来的希望，一点"明天会比当前好"的希望。至于究竟要怎么样，社会就好转起来，我也并没有明确方向和目标。

因为首先对社会既缺少具体分析，对眼中所看到政治，自然也只形成一种恐怖、厌恶、逃避的情绪。真的逃避是无处可走的，自己在本行工作中，却产生一种超政治的幻想，越来越浓厚。

一九二八年到了学校教书后，生活逐渐成了一个半知识分子。其时学校中改良主义者的民主自由思想占较大比重。这些知识分子，平时虽不和国民党妥协，但是也不对于人民革命有何认识，只觉得当前不对，内战是国家不上轨道，降低国际地位的消耗，而倾心于英美式个人民主自由。我在这种环境中熏陶下去，和新的社会现实于是日益隔开了。以为争个人用笔写作自由，极其重要。意识倾向不自觉也逐渐走上改良主义的道路。

我一面对人民革命的实际和理论缺少认识，一面只从都市中接触到的文学论争看问题，觉得争自由应当是作者共同的工作，敌对方面是官僚统治者，和旧社会的种种，不应当是作家火并。其次是文学革命应当是个长时期的努力，鼓励作家扎实持久的努力才有效果。即或彼此工作方法小有不同，应当从"条条路可以通罗马"的认识上，用作品竞赛，不应当用吹捧方法提高自己打击别人。当时的《洪水》、《太阳》等刊物作风，和后来胡风等作风，我都少同感。如《太阳》当时对鲁迅的态度，就使我陷入一种混乱，不易理解。先是把鲁迅骂得极其厉害，过不多久，又说得好上了天，觉得政治上这么办也许有他的作用，从文学创作这么办，恐不大好。因为作家这么写他的小说，实在来不及。好坏没有一种比较客观的论断，结果容易使人取巧，反而容易抬头，真正老实努力的人，倒成傻瓜了。从总的成就来说，不是道理。我只从极少数作家中的方法来判断左翼文学，因此我更觉得孤立单干，比集体或者还可多做点事。所以不仅不加入左联，也不是梁实秋同道。

对国家问题则因为看到国民党内部也总是争来打去，无个了结，官僚换来换去，全差不多，因此格外相信专家和专门知识。以为国家的堕落是逐渐形成的，真正的转机，只有政治上到了各种专家来代替官僚执行政权，才会用科学和工业的进展，代替内战的消耗。如果真有什么政治家，能够这么来治理国家，把人民长处好好发挥使用出来，把军队作为国防武力准备，不作内战牺牲，把不同政见的解决，努力想法放到议会中来商讨，不放到战场上，我将无条件拥护，为之服务。我的狭窄经验局限了我对社会发展的认识，所以直到抗战胜利复员时，虽明知国民党政权腐败与无能到了顶点，还是不大相信有什么新的代替者，在短时期中就可除旧布新，使这些理想一一实现，把国家历史命运完全改观。

## 三　人的影响

一九二〇年左右，我在湖南保靖县一个杂牌队伍中作书记。书记处约六十个职员，就有将近四十盏鸦片烟灯。这些同事给了我一种教育，就是看不出一点前途。其时我有个姨夫聂简堂，也在那地方一个庙里休养，同样是吸鸦片过日子，可是读了很多新旧书，头脑极新，谈的总是世界上种种新问题，极力主张年青人向外面跑，多看看世界。和部队中那些司令长官、参谋县长、绅士阔佬对照，让我觉得这完全是两种人。这是第一个影响我思想发展的人。

过不多久，五四运动余波到了湘西，有群长沙排字工人请到湘西来办报，我有机会从一个排字工人赵奎五处看到《新青年》、《向导》、《创造》、《小说月报》、《觉悟》、《努力》等等。从这些报刊我初步接触了文学革命思想和目的。这是第二个人对我的影响。这结果使我终于离开了湘西，到了北京。我记住文学革命两个目标：一是健全纯洁新的语言文字；二是把它用来动摇旧社会观念基础。我想从事文学创作，先学习掌握工具，再来好好使用工具到应该用的方面去。这自然是一种不切实际的空想，因为首先碰到的是生活，当时可没办法解决。

因写作通信，我认识了林宰平先生。他约我谈过一回话后，增加了我学习努力的勇气和信心。还影响到后来极久。他说：

"一个人活下来并不是为吃、穿，平时能够不至于饿倒冻坏就得了。顶重要还是如何努力多学些有用知识，多做点对社会国家有益事情。要写作，也得终生作去。"

话虽然也平常，却作成了我的支柱，帮助我在一种不易设想的困难挫折情形下，依然把"学习"维持下来了。

　　这时期我还另外认识了一些朋友，重要的有董秋斯（当时名董景天）、张采真、夏云、北大的左恭、陈炜谟、冯至、杨晦，及不曾正式上学的胡也频、丁玲、陈翔鹤。有些人直到现在还是比较熟的朋友。彼此年龄接近些，可谈的自然也多些。这些人政治方面都比我成熟，时当"三一八"前后，学生集中到天安门再分散游行时，我有时也随同他们在队伍中散散传单，喊喊口号，游行作用却并不明白。我头脑中只有一件事情重要，即如何提高写作能力。大革命一来，这些朋友大部分都过武汉去了，有的后来牺牲了，有的参加了组织分散了，我却继续在北京不动，自以为要走的路还远得很。我明白要完成愿心，只有通过本人真正顽强持久的劳动，此外没有其他省事方法。也还有另外一个原因，即从一九二五～一九二六我认识了郁达夫和徐志摩，在写作上得到了些帮助和鼓励，生活也有了些变化。北新、新月起始印行了我几个小册子，得到的钱并不多，究竟像是有路可以走下去了。因为前后又接近了些教授阶层人物，如《现代评论》的丁西林、陈源，新月的罗隆基、潘光旦、叶公超、闻一多，彼此人员相熟了，基本上还是两路。由于过去教育不同，当前社会地位不同，写作目标更有显明距离。大革命到来时，知识分子有了新的分化。年青的多跑往武汉，有的牺牲，也有的成了国民党的活动人物。我所熟悉的教授阶层，也有分化，妥协的做了官，受英美民主自由思想熏陶较久的就留在学校里，进行改良主义的活动。（有的人直到西南联大和复员后的北大、清华，还始终在抵抗国民党的党化政策的。）我当时和胡也频、丁玲在上海，几个人只想办个小刊物，自谋出路。以为如果能直接把作品送到读者面前，就可少受资本家的许多气。这种不切实际的打算，一和实际接触，自然就完了。刊物出一期就难以为继，只有另想办法。我于是由徐志摩介绍认识了胡适之，到他（当时）负责的中国公学教小说习作。也频夫妇则由陆侃如介绍，过山东中学教书。我教书也只像是一种名分，因为自己读的书毫无系统，教人习作又少经验。不过因此有点固定收入，可多学些，也可把写作提高一些。学校同事有黄白薇、罗隆基、高一涵、袁昌英、郑振铎等人，学生有张桂（原名桂屈）、刘宇、李连萃、胡素英等人。随后又转到武汉大学去，同事有闻一多、梁实秋、李儒勉、孙大雨等人，学生有杨克毅等。大家都学文学，而且都在写作，对文学认识和写作目标，显然还是不同。时白色恐怖还在进行，武汉江边常有大群年青人被屠杀。冬天回上海，和丁玲、也频见面，不多久，也频即被捕，因和朋友想办法，得徐志摩介绍找蔡孑民先生，又找邵力子和李达夫妇等想办法，后同丁玲过南京去和左恭、曹孟君商量办法，没有结果。回到上海不久，才知道也频死了。活的总得想办法活下去，于是只好陪丁玲把孩子送回家去。一周转，我的武汉学校去不成了，上海做作家也不容易，因此又由徐志摩介绍过青岛大学去，校长为杨振声，中外文主任为闻一多、梁实秋，同事有游国恩、方令孺，学生有臧克家、王林（原名王弢）和一个山东人刘某某比较熟习。卞之琳、巴金都来住过。陈翔鹤在青岛时相过从。写作一部分多为配合教习作短篇结构举例用。因此用各种方法写，用印度故事改写的《月下小景》，大部分是当时作的。一九三三年又回到北平，和杨振声、朱自清共同编中小学国文教科书。因写文章和王芸生相熟，又为《大公报》编《文艺》。因编辑刊物，和年青朋友接触也比较多些。时巴金、郑振铎、冰心、林徽因、冯至、朱光潜、芦焚、靳以、曹禺等都同在北京，大家常在一处。（《大公报·文艺副刊》后由萧乾、杨刚接手，抗战后还在香港出版。）

这些人共同的影响，是在一个较大的统一战线方式中，进行写作竞赛。个别思想并不相同，但在工作中却不像上海方面作家间矛盾大。我在几年中印行了好几本书。主要还是把过去十年习作，印行了一本习作选。时在作家中争群众的方法极离奇，我觉得很奇怪，为什么不争自己努力写作，却离开作品争群众？因此在序言中和另一中篇名叫《边城》的序言中，都提到个人的主观见解，乐意参加写作竞赛，不参加我不明白的有政治性论争。在一般影响下，我的生活习惯倾向，不免染上了一点知识分子中小资产阶级的作风，和些清华、北大的先生们喝喝茶，听他们谈谈这样那样。但在作品思想倾向上，并不是他们一道，却反而比较左了一点。一面并不觉得绅士们写作会有什么成就，另一面也不大懂上海左翼作家争文学运动口号的实质。至于对国民党所提倡的民族文学，则看不起，以为那些人动不动大开舞会，其实只是挂个作家名义，骗骗自己，骗骗人而已，尽管一切把持，什么也说不上。过上海时，曾去看看丁玲，问问生活情形。后来闻她被捕时还到处想办法，以后，又去南京看过她一次，时住狮子桥，正生过女孩不久。廿六年她到北京见面，也关心她的工作，我可决不会进步到和她同样革命。熟人中如王一之、张鼎和（爱人的堂兄）在革命，我有同情，可不是一道。总之，凡是在政治指导下用集体力量在进行的艰巨工作，和我个体生产写作的习惯，不大相合。我当时既然不愿意放弃我的写作，就不会明白那些工作比我的工作还重要有意义。只记住丁玲在南京时的嘱咐，不要在国民党下边做事，我觉得对，就不做。我自己还以为是在为国家作努力，始终不曾和旧势力妥协的。

抗日事起后，我和清华、北大许多教授同时离开北京，同行的有张奚若、钱端升、陶孟和、梅贻琦、朱光潜、叶公超、周培源、邵循正、赵太侔、俞珊等一大群人。部分由天津转烟台、济南、南京，再上武汉。我和萧乾等借武大图书馆编教科书，又转沅陵，借我哥哥家中住下。再转昆明，家中人于次年也到了昆明。我于一九三九年入联大国文系，直到复员，再转北大，直到解放。同事中有冯至、闻一多、罗常培、唐兰、朱自清、杨周翰、卞之琳、袁家骅等较熟，学生中有吕德申、汪曾祺、王忠、姚殿芳、诸有琼、陈柏生、杜运燮、朱德熙、李荣、金隄、赵全章等…… 在昆明时，除教书外还曾参加过几个刊物的编辑，处理文艺部门稿件，重要的有《自由评论》（由陈岱孙、潘光旦等共同负责）、《战国策》（由林同济、何永佶等共同负责）。《自由评论》先数期似由个人出钱，后来是其他方面。《战国策》由缪某出钱。起始时本说明反蒋独裁，自由用笔，个人负文责。后来一面知道经济来源有问题，一面受牵连责备而离开。

在联大时，照学校传统习惯，本来在课堂上都可批评国民党的文艺政策，抵抗学校中的党化政策。因此写作中也可反映这些思想。可是却常受另外一种攻击，以为我是国民党一道。一面受国民党图书检查限制，在桂林出的书毁去几本，另一面却老受小刊物攻击，以为是国民党帮手，在两夹攻中我觉得实在不可解。联大有的是国民党教授，如姚从吾、陈雪屏、贺麟……我是不是他们一道？他们知道很清楚。至于桂林那些左翼作家，不敢攻击当面的统治者，却来说我反动。因此一来，增加了我的孤立感。我很奇怪我的处境。到处说争自由，以为对付文字容易，对付人实在不容易。什么都不加入还好些。写什么都不讨好，写恋爱小说吧，照当时教英文的同事中欢喜谈到的乔依思心理分析派的小说写恋爱吧，结果还是不对，我又成了"黄色小说家"。到复员前夕，大家关心国家前途，忧虑内战，盼望和平，进行民主运动时，重庆方面由政治协商到毛主席亲来重庆进行和平商谈时，有人约我加入民盟，我却以为中国应当要个第四党，以为国家、人民服务为政治目标。凡是能引导国家走向和平建设的就拥护。另外和几个人一接触，就知我谈的全是不切实际的空话，实际政治我一点不懂。只想回北平还是编编副刊，写点小说比较合适。我既对于许多事情缺少了解，也不希望人对我有较深了解。思想意识于是又回复到一九三五年前后情形中去，还是写我的习作，过十年八年看看。对付文字，我觉得只要体力支持得住，任何困难都可克服。至于对付人，和人勾心斗角，变来变去，争权夺利，我毫无能力，没有本领。

回到北平即在北大国文系教习作。又编辑过《益世报·文艺副刊》及和周定一同编《平明日报·星期艺文》，和杨振声、冯至等同编《大公报·文艺》，又曾和徐盈、林徽因、朱光潜六人同编一次文学月刊，由徐盈介绍，出一期即停。尽管社会在大变动前夕，我还只是从报纸上看到和平谈判在进行中，打打又停停，可能从马歇尔和司徒雷登的调停努力中，还可回复和平，得到解决。我盼望和平，只怕打下去把国家地位越打越低。

写作呢，我觉得从一九二四到一九四七年，前后二十余年中，我看到国家一系列的大变动，有千万人卷入到各种革命斗争中去。直系军阀奉系军阀的结束，孙中山先生的死，李大钊先生等的牺牲，北伐，宁汉分裂……杨杏佛、戈公振、胡也频、张采真到闻一多的死去……同时又眼看到许多人走上另外一条道路，做了国民党蒋介石手下的帮伙。特别是最后那十来年，知识分子的分化日益剧烈。以比较相熟的作家而言，闻一多的死去，和叶公超、陈雪屏的做官，这一面分化既如此显著，另一面却是由政协到军调，政治现实的和平协商从未完全绝望。我既缺少和恶势力决绝斗争的气概，也不能和新旧官僚完全同流，对于政治上的分合不定，更增加对政治的不理解。即在相熟教书阶层中，始终也缺少一种对问题看法的一致处。现实政治的分合变动，使我无从理解，无从把握，使我增加孤立感。另一面却由于个人劳动力比较强，且始终抱住十九世纪世界文学家努力成就的印象，以为作家和社会发生关系及影响社会，主要应当是靠个人生产劳动，既不能靠他人帮助，也不应受拘束。所以即到社会变动最剧烈时，我还固执的认为作家应当有他最大的用笔自由，才会产生好作品。他的工作不是普通宣传员，勉强他去做许多人都可完成的任务，极不经济。我还认为唐代的陈鸿、白行简、蒋防、李公佐、元稹，到清代的蒲松龄、曹雪芹、李士珍、李伯言，以至于鲁迅，和外国的契诃夫、莫泊桑……这些人的工作成就是真成就。用作品取得读者的认可，而不是用其他方法。而这种作者，他在工作上的努力，应当得到认可。[①]

同时在一切场合中，我发现对于应付他人我毫无能力，与人合力同功感到十分困难，独自为战管理我自己，即再苛刻些也可以做到，因此更只想付出巨大劳力来学习，并且永远在克服困难修正错误中工作下去。但是同时也就不免有和旧社会中的某些人某些事，取了一种同化堕落倾向。

这其间，是否还有另外一些人事影响，使我工作方式日益趋于孤立，生活态度则日趋妥协？有几个人在我生活上思想上，是有一定程度影响的：

例如我的一个兄弟，就是一个军官。平时我们感情很好。初从黄埔毕业时人还进步，后来回到家乡，生活就日趋腐化堕落，终日吃喝赌博，我对他行为虽少同情，就从来不曾好好的规劝教育过他。抗日时，因为在前线作战负过伤，又因为非国民党直系，失了一阵业，我还为他找同乡杨安铭介绍，到训练总监去做个上校科长。并且认为他能够不参

---

① 以下录自第二份草稿的后续内容。

加内战，就是好的表现。南京解放前回到家乡，听说起义参加地方解放军，以为他真有了进步。后来又听说因事被枪毙了，很为惋惜，以为许多人二十年来专和共产党作对，杀死了多少人，还在做事。他又从来不是什么蒋介石亲信，好好教育还可为国家做许多事，怎么也糊涂死去？

其次是胡适，他的哲学思想我并不觉得如何高明，政治活动也不怎么知道，所提倡的全盘西化崇美思想，我更少同感。但是以为二十年来私人有情谊，在工作上曾给过我鼓励，而且当胡也频、丁玲前后被捕时，还到处为写介绍信营救，总还是个够得上叫做自由主义者的知识分子，至少比一些贪污狼藉反复无常的职业官僚政客正派一些。所以当蒋介石假意让他组阁时，我还以为是中国政治上一种转机。直到解放，当我情绪陷于绝望孤立中时，还以为他是我一个朋友。

第三是在抗日时期，我认识两个国民党高级军官，一个是乾城人杨安铭，后来作训练总监，因为同乡，还介绍我弟弟去做事。一个是范汉杰，只是在沅陵一个人家吃饭同过一回席，还介绍了几个学艺术的青年到他身边去做事。两个人当时都给我一种印象，竟以为是些有修养不腐化的军人，还通过几次信。

第四是在西南联大，民盟起始活动时，虽同是多年熟人，我也不愿参加，还以为没有什么作用。到北大后，我虽没有加入国民党或三青团，同事中朱光潜、杨振声、周炳琳、崔书琴都是国民党，陈雪屏还是一个小头目，我和他们在一处并不觉得难受。胡适之虽再也不谈什么文学了，我的写作态度，我的教书方法，都像是在配合他的行动，点缀蒋介石行将崩溃的回光返照政权，毫无积极作用。搞第三条路线的《新路》在北平大肆活动时，我虽不参加，却认为对国内和平会有好作用。学生反饥饿活动高涨时，我住在颐和园里写些不相干的小品文。并从一种家乡情感出发，写纪念地主官僚熊希龄的文章，认为是个人材。

到平津情况紧张时，竟只想回到家乡去隐居，或到厦大或岭南大学去。对于革命，除感到一种恐怖只想逃避外，其他毫无所知。平津炮声一响，神经在矛盾中日益混乱。只想到胡风代表左翼，郭沫若说我是黄色作家……这些人一上台，我工作已毫无意义。情绪一凝固，任何人来都认为是侦探。

解放一来，我发现我搞的全错了，一切工作信心全崩溃了。

工作转到历史博物馆时，我的存在只像是一种偶然。一切对我都极陌生。虽然每天还是一些熟人在一处吃喝，工作时也似乎还肯出力，事实上即家中人也一点不熟习，好像是客人偶尔在一处。同事就更加生疏了。一天要我数钱、拔草，就照做，但是一点看不出这对国家有什么意义。对我自己，头脑极沉重，累极时想休息又不可能，实在只想哭哭，以为既然并不妨碍别人，但是听馆中人向家中说这很不好，也不敢了。见什么人都吓怕。

对于自己存在，只感觉得一种悲悯。我需要休息，没有得到休息。恐怖在回复中。白天一样和人说笑、吃喝，事实上我再也不会有一个普通人能有的自尊心，和对于工作应有的自信心了。社会变了，我的一切知识既没有什么用处，因此一天在博物馆库房中数数铜钱，也觉得什么都是一样。觉得生命这么使用，倒也很好。但是也很奇怪，我究竟是谁？要我数铜钱的人得到什么？对国家有什么意义？想理解，无从理解。另一方面是感谢伟大的党在许多方面给我的照顾，优待，宽容。让我慢慢的工作能力回复过来。让我慢慢理解到，每一项工作都要人做事，工作都在发展，必需有人从长远作计，来建立新的国家。我既然在博物馆工作，就凡事学习吧。在学习中什么都容易由不懂慢慢到比较懂，只有对于人觉得不易懂。许多同事在一处，我可说简直不懂。许多事也不懂。许多名辞在我情绪中永远引起一种恐怖，如像反动、特务，因为使用界限没有一定。又常听人说某某思想好不好，我都不大懂。许多过去在国民党时代满有办法的人，现在还是有办法。有些本来极本行的教书的，却认为是为反动服务。以馆中工作说来，许多应当做的事不做，不必做的事做来做去。如登记，明明白白许多东西时代名称都必须用点心研究，才搞得清楚的，一提研究就说是脱离政治，胡胡乱乱的把数目字报上去，反而说是到时完成了任务。明明白白国家博物馆的陈列，要起教育人民作用，可是馆中有时竟把业务提高当成脱离政治。作预算从来不在一二月前准备，总是在三天前交下……许许多多对于馆中真正有益的，对国家真正有益的工作，总不容易见诸实施，用一种混和哄的方式交代工作的，反而做的有成绩。人的事情既然很不好懂，我只有退回到个人学习上去。

有两本书对我极有益，一是刘少奇先生的，其次是加里宁《论共产主义教育》，懂的未必多，可是对我很有帮助。有一人的两句话对我极有帮助，即丁玲告我："凡是对党有益的就做，不利的莫做。"这话正和我所需要的简明指教要求相合。我就那么工作到现在。有三次组织调我离开馆中，都是先说好了后又没有去。没有别的原因，只是我实在不会和陌生人办交涉，怕因事意见一发生争持，会把好意变成坏结果。在馆中的经验已给了我很好的教训。一是到辅仁，记得当时学校竟不鼓励学生写作。其次是写历史故事，怕和历史专家见解有参差，难以为继。第三是去美术学院，一考虑到和同事对于艺术认识上的距离，我就吓怕。用在人和人之间的精力比工作本身的消耗还大些。我的热心努力可能反而会出毛病，不易收拾。即在馆中，一到什么错误发生批评检讨时，我就只想简化它，大事情我既做不了，也没有什么能力，或改在群众工作部做个起码小职员，可能会少些事情，一切都好一些。

# 一个人的自白

## 第一段　引子

经过了游移、徘徊、极端兴奋和过度颓丧，求生的挣扎与自杀的绝望……反复了三个星期，由沸腾到澄清，我体验了一个"生命"的真实意义。一切过去的重复温习，未来的检讨，我企图由一个在"病理学或变态心理学可作标本参考"目的下，写下这点东西。将来如和我的全部作品同置，或可见出一个"人"的本来。

就我近一月所接触的各方面问题和事实看来，我已完全相信一个新的合理社会，在新的政府政治目标和实验方式下，不久将来必然可以实现。附于过去社会一切，腐败和封建意识形态，且必然远比政治预言还早些日子可以扫除。由于社会人民束缚的解放，和知识分子的觉醒（人力解放和情绪解放），配合了人民革命武力，且比武力赶先一步，向国内各个阴暗处推进，或迟或早，旧的社会分解与圮坍，是意中事。区域性的负隅自固，与个人的固步自封，只是暂时现象。或扑灭，或改造，迟早终要完成。时代历史决不会回复到那个乱糟糟的旧形式上去，决不会回复到那个无计划的维持少数又少数特权存在方面去。"雨雪麃麃，见日则消"，明朗阳光到处，凡事将近乎自然。这里若有个人的灭亡，也十分自然。

在这个分解重造过程中，因为一切得重新安排，重新调整，重新计划，于谨慎又谨慎的步骤下，人的牺牲还是万难避免的事。出于个人问题，对现实或承认，或否定，总之随处随事都必然会有广泛消耗与牺牲。一切平时与人民生活隔离的知识分子，既首当其冲，对革命来临以后如何自处，自然感到极大的苦闷与彷徨。这似乎可分两方面说：一是"生活适应"，一为"工作方式"。前者经过十年抗战，生活早渐渐与一般公务员拉平，作更新的分配适应，已不会感到什么困难。换句话说，知识分子如有吃有喝，在一个分配公平政治制度下，能看到社会进步，个人即再困难，也决不会消沉失望。至于次一点，却是一个相当困难的心理疙瘩，如非得政治设计做谨慎处置，这彷徨、痛苦，致工作进步停滞，是必然的。学校方面短时期一个近于无为的"照常"，可以说是最善的安置。负责方面如有自信可以将国家做好，对知识分子莫取压迫态度，实较贤明的措施。因为照近四十年教育方式形成的高级知识分子，应付工作的心理状态，工作的热忱实十分单纯。正因为政府既极端腐败和无能，还自私而贪得，裙带风正浸透全国每一大小机构，一直到学校。将学术当作点缀，影响到这部分公民，已形成"为工作"的单纯态度，"技术人"的态度。习理工的如此，习文法的也如此。社会如日趋于合理，这些人在"照常"方式下，将能得更多鼓励，即可于一个极短时期中，与新政一切设施取得完全合作的步骤。这事在北方尤其容易。换言之，凡保留在学术工作岗位上的知识分子，过去廿年从未和四大家族特别势力有〔联系〕，思想改造实无多大问题。政治的合理与进步，改造或争取他们，比向其他官僚政客以及……任何工作容易。他们已近于一个"技术人"，只要有个工作环境，即可望进步而前。□□□□北方目下学生的容易运用，他们或多或少都尽了点力。学校的进步思想，虽由于少数所领导，至于客观知识，是这个多数给贡献的。

这些问题到此为止。我要说的也不过是因为自己是个从业员而涉及罢了。可是不过从业员有些不同处，犹如一个科学专家和一个文法部门的某种专家，大相悬绝。前者工作照常，后者则不成。后者在目前触着了一个"思想"问题。既涉思想，即有根深蒂固连续性，顽固排他性，不仅限于"当前"，还要检讨"过去"，防止"未来"。"过去"不免要从各种方式下受清算，办结束。这是个真正问题。极明显，有些人是有问题，从一个新的制度新的尺标衡量下，看得出来的。问题正逼迫着他，不能不寻求明白简单正确的答解，死或生。社会对于他一时或者还来不及注意，他自己却必然要注意找寻答解，死或生。

为寻求答解的正确，一切妄念幻象均得剥除，来看看什么是"自己"。这里即包含了生命过去。由过去释当前，线索或比较容易明白。

照普通说法，把人分成两个类型，内向与外向，相当简单，比阶级划分有时还适用，也省事。有时处理一些小问题，用这个分法，也居然能用得开。内向或外向有必然的限制。一个年龄将及半百，生命已成熟……生命全部发展虽相当复杂，不易从这个解释得具体，但由此追索，也可望如脱解连环，剥茧抽绪。建立一种个别的文学批评，从作品向深处追究探索，得到些新的发现。但决无可望将本质与生活经验共同形成内向或外向的种种，弄个清楚明白。任何忠诚坦白的自传回忆也……因为这实在是倒因为果。我如今要试一试把自己当成一株苹果树，来检讨研究一番。从由发生、接枝，到作种种不同的移植，又由于土壤不同，气候有别，以及偶然因子侵入（如在偶然中，一个枝子被路人攀折或衣服挂着受害），因而如彼如此，在廿年中同一株树结的果子如何不同。假定结的有好有坏，或者阳光充足，根柢营养又充分，结的却全是虫蛀变质的恶果，总有个原因！必然有个比表面问题深些的原因。

　　这种检讨对个人自然是一种痛苦事，但无碍于真实。因为事实已到决定这个树是自行枯萎，或他人砍伐□□□风雨……时候。一株真的苹果树，到这时节用的必然是"自然主义"或"道"来应付，枯萎或砍伐都好，两样结束只是同一件事情，生命的终结。应付它是顺天而委命。可是这株苹果树如有"思想"，苹果树如是一个"人"，这个人如恰恰又是"我"。新的时代要求于人的是"忘我""无我"，忘掉或去掉那个小小的，蜗缩的，有限的我，而将"我"溶解于政治进程中，社会要求中，或者说，一个"为下一代合理、进步、幸福"大原则中。这要求虽已形成一种人的能力与精神解放，见于事实，成为国家新的建设基础，不可否认，不会更易，决定历史也产生历史。然而在许多人，尤其是近三十年学校教育造成的知识分子，到处分那个"我"时，少数虽能摆脱一切，而接受新的，毅然独往，或追求预言，用生命去实证，表现忘我无我时信仰或认识之坚强。至于另一个多数，大致还是定向不明，□□有内有外，而外来风雨无时……或由于习染难除，或由于认识不清（从近三十年学校教育分工制看来，学校知识分子不易认清历史的发展必然性，是极平常现象），不免要做一种长期辛苦挣扎与断然抉择。他会受一切新的关系的吸引，也受另外一组旧的关系的束缚。接受"抽象"即十分勇敢、兴奋、激昂，摆脱"事实"可能需要做极大而长久的努力挣扎。照例总比青年慢一点，要比较缓慢，以及迟钝好些，因为……"我持"越强的人，越需要做较大努力。在这一点上，为否定昨日之我，值得做些全部分析检讨，"我"是什么？由何而来？结论不在自饰，时代已不需这种虚伪装饰，更不在自辩开脱，时代已不许用如此方式自脱。要真实，惟有真实，这棵苹果树才有个未来，或被决定既无助于人类生存进步，不如连根拔去，当作柴烧，付之一炬。或被决定还值得保留一时，重新移植，结点对下一代人还有益的果子。这检讨虽出诸自己，决定却属于外缘，"人"、与"时"、与"事"。我应当完全放弃我之为我处，委生命于人天。我已深深体会到人与人的不可分割性，相关性，连续性。"我"是否重要，在于对将来多数的人是否还有意义或影响。这点检讨本意也即由此认识而来的。

第二段　内向的形成

我是个内向型的人，长处或弱点统统由之而生。

凡说及"内向型"的人格发展时，一般心理学都曾做过种种探讨和说明，有些什么特征，有些什么倾向，长处与弱点，以及在人事关系上又有些什么可能。精神病或神经病学，大致和这个型的人格更多复杂关连。这是一般理论。不过这问题的较深理解，还……即出自专门家，称引过若干实例，能对某一个体说得透彻的可能还是不多。因为人有类型与差别，大多数的群，用类型可以概括，少数的存在，有时却差别十分大。

　　由于家道中落，长时期贫困，体质孱弱无从补救。生长小乡城社会，若顽童群免不了日有殴斗事点缀于生活间时，败绩纪录用任何勇气总不易抵消。由于私塾制诵书习惯，读到七八岁时，四书五经及杂诗的温习，任何驯善孩子都必然感到担负沉重，而发生反抗。在小城市里，当时最受称道的教师，就是老而□□，在一种变态心理支配下，最严格无情，对学生完全如生死冤家，只能拥护孔老二，最狠心虐待学生，用特制楠木板，把触犯□□学生，按倒在孔老二牌位前，□学生伏在……上，任何小事也能激怒到□□□□□二十三十大板，打得个学生杀猪般叫喊，□□□□□。从这时起的我，一个具内向型的主要条件已形成，随同这个类型的特征也即起始见出。脆弱，羞怯，孤独，顽野而富于幻想。与自然景物易亲近，却拙于人与人之间的适应。家道日益贫困，且增加了这个对同年份，同小集团的亲友疏隔。于是永远有"不承认现实"的因子，随生命发展。但本身既拘限于那个小范围现实，自然向幻想做种种发展弥补。尤其是由之而来的屈辱，抵抗报复既无从，即堆积于小小生命中深处，支配到生命，形成一种生命动力来源。从此后使用到求自由工作上的仿佛"永无匮乏"情形说来，就可知这屈辱的积累，影响到个人生命有多大，多深。也由此可知，一切发展必然是防御的，不是进取的。是机智，不是魄力。能由疑而深思，不能由信而勇往。

有谁在旧军阀时代，未成年时由衰落过的旧家庭，转入到一个陌生杂牌部队，做过五年以上的小护兵司书的没有？若你们中有那么一个人，会说得出生活起始，将包含多少酸辛。这也是人生？就是人生。我就充分经验过这种人生。这里包含了一片无从提及的痛苦现实。你们女人中有做过小丫头童养媳的没有？作过□□小商店的小学徒，必须侍候许多人烟茶，并将一切小过失推置于她身上承担的职务没有？若有那么一个人，也会说得出相似不同痛苦生活经验。否定因之在我生命中生长。我的生命并没有对困辱屈服。我总要想方法抵抗，不受这个传统力量和环境征服或压倒。"旧家世"固然容易使一个纨绔子堕落，却帮助了我个人在困难绝望中挣扎。一面随环境流转，一面从学习上找新机会。

但是真正可学习的，当时实在只有一面认识人的关系的"丑恶"，一面认识军人对社会的"罪恶"。由辛亥以来形成的大小军阀割据……种种罪恶，即小军阀群的内哄，以及势力平分得到小小稳定时，各在小小防区内如何无情的兽性扩张来鱼肉人民。三年中只看到一片杀戮，一个区域一个区域上千被屠杀者最后手迹（用墨取下的手掌印结）即由我整理，保存到军法处卷宗里。我看过这种杀戮无数，在待成熟生命中，且居然慢慢当成习惯。一面尽管视成习惯，一面自然即种下永远不承认强权的结子。总觉得现实并不合理。这世界如不改造，实在没有人能审判谁。凡属审判，尽管用的是公理和正义做护符，事实上都只是强权一时得势，而用它摧残无辜。说现实，我所接触的实在太可怕了。一个普通中学生，若在这个情形下受现实教育一年，他不疯狂才真是奇迹！我可受了三年五年这种现实教育。一面是生活屈辱，一面是环境可怕，唯一能救助我的，仅有一点旧小说，和乡村简单生活和自然景物，小小的农家水磨拜访，掘药，捉鸟，捕鱼，猎狐等等小事，冲淡了现实生活一面。这两者却同样影响到将来的生命或工作，这就是在我作品中对平静乡村人民生命的理解基础。

体力既未得到好好发展，生活又在这么一个环境中，而且还长时期随同部队无目的的流转，生命——属于"思索"和"生理"的，却在这么情况下逐渐成熟，请想想，这应当是一种什么发展？从现实环境说来，我早应当被困难打倒了。可是没有自杀，因为在"否定"中有力量支住了自己。我也并没有堕落，内向型的胆小而贫穷，在那种生活方式中，实无从堕落。也因此，在十年后作品中出现的一切乡下人，即或娼妓，品性无不十分善良，为的是我所见到的那个阶层，本来全是善良的。与外人的关系，甚至于近乎"家庭"的。因为正需要家时，我已没有家，什么时候由军营走入一个乡村士娼家坐坐，怯怯的坐在一旁，看那些人做做家务事，或帮她们烧烧火，切切菜，在当时，对我正是一种如何安恬与舒适。我需要的也就只是那么一点点温暖，属于人情的本来。我得到可说已十分富饶，它把另外一种可怕生活完全冲淡了，调和了。这点印象既在生命成熟时保留下来，到后自然便占了我作品主要题旨，由《丈夫》、《边城》都可见出。里面自然浸润有悲哀，痛苦，在困难中的微笑，到处还有"我"！但是一切都用和平掩盖了，因为这也还有伤处。心身多方面的困苦与屈辱烙印，是去不掉的。如无从变为仇恨，必然是将伤痕包裹起来，用文字包裹起来，不许外露。

这份教育既在无可奈何中承受下来，外面环境又还永远在变，生命于是不能不随同流转。在各种失业情绪经验生活挣扎下，做无定向流转。到处是伤，却并抚治伤处机会也得不到。小客店的寄寓，长时期的落雨，陌生的人，无情的社会，我如一个无固定性的小点置身其间。"否定"在生长中，随"幻想"而生长，因为这是求生存唯一的支柱，二者合并作成一个抽象而强韧支柱，失去其一都不会继续生存，产生"未来"。若仅有前者，将必然早成为小军阀的炮灰，或因作土匪遭人枪决；有好些无辜而失业的年青人，都如此草草结局。若仅有后者，不是疯狂自杀，即早已作庙中和尚。两者既同时存在，我于是活下来了，在自己也不甚明白，他人实更不易设想境况下，漂流转徙活下来了。（这其中自然还有《孟子》上几句话："苦其心志……饿其体肤"，简单有力鼓励我在绝望中不至于糊涂死去。）于是一切都在"微笑"中担当下来了。可不是你们生长于城市寄生于家庭，在生活上小小得失上作的那种微笑，完全不是！这微笑有生活全部屈辱痛苦的印记，有对生命或人生无比深刻的悲悯。有否定，有承认。有《旧约》中殉教者被净化后的眼泪。我好好保留了三十年在嘴边，而你们高级知识分子在近几年中，却把这个微笑解释作"世故"。我倘若稍稍学懂了点你们城里人世故，今天不会如此自处。我因之在半世纪不断变换的环境永远在不同教育，不同××的人中，从不同印象中——却得到一个同一的

· 248 ·

称呼"神经病"。凡指摘我的，诋毁我的，并以自己生命或道德的完整进步自夸的，是不是也曾经在相同情形，那么一种发展中受过试验，受过教育，并同样挣扎过来？还是因为侥幸生于小资产阶级环境中，得到良好的保护，以及其他更多知识环境的便利，才有机会能够给我以批评，以检讨，以审判？年青朋友都欢喜说人生如战斗，战斗方式自然极多，我很知道。可是可有一个人在十六岁到廿四岁间那么和人生战斗过来，在三十年挣扎中而取得更健康合理发展？或从理论上可得到更健康的结论？我想得到一个回答。

当时既一切俱无，朋友或工作，希望与等待，什么都无。维持生命除空气就只是一点否定精神，不承认精神。一面接受现实试验，一面加以抵抗，不断改造自己。我就用那点仅有机会，仅有空闲，读了一堆书，并消化了它，完全反复消化了它。有老庄和《论》《孟》，有韩柳和温李，有传统驳而不纯的叛逆思想，也有传统华而不典的文辞。加上个脆弱生命所遭遇试验，经验和书本知识，却共同在生命中作成一种动力，终于把我挪移离开了那个小小环境，转到了有骆驼、学生、京官和议员的北京了。

初初到这个大都市来，上街见到最多的就是骆驼，所得印象是充满风沙阅历而目光饱含忧戚，在道上却一步一步走得极稳。每天翻开报纸，照例是有关议员的意见和新闻。至于学生和京官数量虽极多，对于我却似乎是个抽象东西，和我离得极远极远。事实上什么都离得极远！学生中给我印……是三种人。

这是个有一百万人的大都市，由总统府到天桥，由京兆尹到小店员，我没有一处熟习的地方，没有一个熟习的人，没有一件熟习的事。手和心都空空的，寄住在杨梅竹斜街一个小会馆西厢房里。长夏的雨水，小《实报》每日新闻都有坍墙砸人消息，住处房中既然湿霉霉的，墙上也一片水渍斑驳，似乎随时都可完全坍圮。同伴"满伙计"肺病已入第二期，喉头哑沙沙的，一个地主小儿子，即《雪晴》中队长的弟兄，这次同来北京求学读书，到地第四天后，就十分想家，念念家中的菜园和碾坊，老母亲和白狗。我想的却只是"当天"和"明天"，面前过日子就是一种严酷现实教育，没有任何一种方法可以把日子维持下去，由当天到明天。没有一个人可以商量，没有一本书可以指示。

会馆里四合院，住的同乡有卸职候差的科长，报考落第的穷学生，退伍的小军官，领少额干薪的挂名部员。夜里到处房中都有咳嗽声，从声音中即可辨别得出有多少是老病。住正房管会务的叶老表，长年躺卧在烟盘边，从不知经济来源方式下竟躺了十年，小火炉旁还经常炖有猪蹄髈下酒，二太太手上头上金饰也亮灼灼的。长班小二一身瘦瘦瘦如一片干姜，终日在各个房间里串动，即买两个烧饼也会从中取得一点"底子钱"，叫煤球时照例七十斤即抵整数。加上在门前摆个小烟摊，一家三口竟每天可吃蒸馍，还向穷学生放点大加二小债，三元五元出手时从从容容。

生命或生活，既为雨水固定在会馆中，似乎有所等待，其实等待的只是"不可知"。一面茫茫然半天半天站在会馆门前欣赏街景，一面又回到湿霉霉小房子中，看床前绿苔和墙上水渍。和面前世界完全如绝缘。即过去在乡下小河边山坡上太阳下做的梦，也不免受雨水影响弄得模模糊糊了。在这种景况下，回向过去，一片生活印象的重重叠叠，虽充满无可奈何，失业接着失业，各地流转，屈辱和饥饿，在各式不同情形下环境中，如俄国梭古罗卜微笑小说中的主角身份，永远勉强用微笑抵挡一切无可奈何，到第三次微笑，才下决心迈过了桥栏，向水中跃去。事实上却比这一位处境更加倍恶劣，更不知如何是好。然而一面是青春生命力的无比旺盛，即从这一切不同景况中，也仿佛可以得到"学习"的经验。……且日益积累中形成一种比任何书本还有启发鼓舞的力量。另一面又有个多式多方田野自然的背景，和另外生息于其间那一群，尽管生活极端平凡、简陋，本性实在极端善良的兵士和人民，他们的小小得失哀乐，唯其与我已经离开，反而能更加深刻认识。到了北平新环境中，和这一切离远了，即这种痛苦回忆，竟也成为我生存的最大快乐和支柱了。这个发展既酝酿于成熟的生命中，自然会同时影响到后来的写作生活，一看即显然的。作品中的乡土情感，混合了真实和幻念，而把现实生活痛苦印象一部分加以掩饰，使之保留童话的美和静，也即由之而来。历来批评者对于这一点，都忽略了作者生命经验的连续性和不可分割性。唯有一个刘西渭，能稍得其解也还不够。这个老友的文章特点是在……自得其乐较多，而对作者生活作品却无多兴趣。这也就是我对于批评永远不能心服，不感兴趣的原因。如果批评从"思想"着眼，用公式和一定形态加以范围，自然更不会得到要领，毁誉都若并无意义可言！甚至于搔不着痒处的赞美，比有意□□更还难受。这有好处也有坏处。好处是对于工作信心的加强，坏处即个人气氛的抬头，随之而下便不免顽固，坚信思维的庄严，从自由主义者名分下，发展而成为他人政争工具，当作靶子或盾牌。先是不自觉，到后来，则由负气而转增加负隅自固褊持，终于在自己所形成的□□孤立情绪中，完全无从自脱。这是有关思索写作的发展过程。目前来加以检讨，说它是不见阳光的病态结果，并不过分。但这种不见阳光的由来，实有个更深远的背景，是"个人"的也是"社会"的，却不是一般批评指摘所能见到的。

"失业"本是近四十年军阀封建政治一个普遍现象。先是大小军阀的分区割据，对人民就业根本无所谓计划。不仅教育无计划，利用为狗腿子也不计划。军阀本身及所率领集团，即凡事只是随习惯而拖混下去。在集团以外，从不曾有个好好安排。到兼并时代一过，有个强秦一统后，又还是唯知有己，在极端包庇独占贪污自私情形中，少数分赃而多数无业，所以近四十年"失业"本是现社会万千人民一种普遍经验，不值得一提。不过我却是从小小区域里充分接受这种社会教育多年以后，又转到另一个完全陌生大城市里，来接受相似而不同，更漠然无情的社会教育。唯有相同经验的生命，方能明白这种教育影响到一个人另外一些问题上时，会有些什么不同结果。好或坏，反映到抽象人格具体行为两方面时，可能如何必然又如何。长处和弱点所自来，却由于同一源泉土壤，决非两种雨露阳光。是一个整体，并非零碎枝节。

为求生存，我得挣扎，于一切可能中作种种努力。求学既无可望，求职亦无可望，唯一是手中还有一支笔，可以自由处理一点印象联想和生活经验，来作求生的准备。但是，这对于□□求□生，□□□□□保持最低健康，不至于饿倒大马路，阳沟边，在同学同乡同什么小集团独占一切情形下，我想用这支笔突破社会习惯的限制，得到最低生活的需要，当时实毫无希望可言。

明白手中所操纵的工具无多大用处后，想去做做什么小工，依然没有机会。曾到琉璃厂几个小石印店里去，请求收容做一个学徒，几个小字虽还看得去，因为无□□保，交涉就不成功。最多机会是去天桥或前门大街一带，跟随奉军直军什么部队的"招募委员"那支小白旗，明白大都市可以用一些□□骗人一套，把兵招来，向不可知地方走去，目下的伙食和将来的生命，都有了个交代。因为一直到北伐成功前夕，在北平前门外大街上，天桥附近，就时常还可看见那么一两个烟容满面的老军务兵油子，手执一个破旧小小白布三角旗，在路口停顿，旁边照例站了些闲散杂流，听他说话，宣传部队待遇和将来希望。照例还在技术上预先安排了几个大小不一的同伙，作为受感化后陆续站到旗子下来，于是当真也就有三五个面容憔悴，眼神痴呆的年青人，外省前来投奔亲戚进退不……同样归于旗下，表示乐意跟随归营。一会儿，这面小白旗就带领了一小串失业人走去了。至于走到什么地方去，为候补炮灰，或为军□□转卖出关做小工，那就只有天知道了。

我曾有过好几次跟队的经验，茫然漠然走了一小节路，终于又离了群，停顿到路旁，眼看着那个死亡队伍远去。随即从前门大街茶食铺的点心，羊肉铺的羊肉，和一切铺子窗前的陈列，与广告的炫耀，或什么小铺子门前有喇叭的留声机放的《洋人大笑》片子，吸□□忘了一切也忘了腹中空虚，暂时忘了自己的失业和饥饿。眼前的就永远是不属于我的。一切存在和个人都若无关系。我希望即或是吵骂，能参加一份也好，可是前门大街人来人往虽相当多，想得到这点机会就并不多。只合完全游离于生活以外，作一个旁观者。比数年前在辰河流域小县城游荡情形还更单独，更无可奈何，为的是大城市社会背景也如此陌生，凡是大门都关得严严的，没有一处可以进去。全个社会都若对于陌生客人表示拒绝。向前希望远景十分模糊，唯一还是回复过去，把那点过去属于自己的痛苦和寂寞，镶嵌在各不相同自然景物中，一再温习。尤其是儿时无拘束的生活，所保留的新鲜快乐印象，可以把当前的绝望勉强稳住，直到街灯放了光，什么铺子放话匣片，唱马连良《失街亭》，我的求生梦也消失了，才向会馆那个方向走去。

回到会馆里时，即装作业已吃饱的神气，看同院子里人吃饭，也看长班小二一家人吃新出笼的白面蒸馍。不多久前有人批评我说，我"对人生永远像个旁观者。一切作品都反映这个态度，缺少直接深入和迎战勇气"。我曾试假想过，当时如采取非旁观态度，不知应当是种什么情形。我能不能参加任何同住的那顿晚饭？我能不能随意动手去取长班家蒸笼中那个热气腾腾的白馒头？我能不能每天去会长那里靠靠灯，到吃饭时就不客气，起箸说请？很显然这不是一个勇气问题。旁观者其所以永远如在旁观，原有个现实背景缚住。一切作品都缺少对人生深入，只是表面的图绘。原因是人生在我笔下，是综合的，再现的。

雨季过后，在农学院读书的表弟，为想法付清欠账，把我迁入西城一个小公寓里，以为可以照报纸上需要，就近在几个报馆考考校对和书记。花了些报名费，结果自然没有一处成功。只看出这事完全是个骗局，同样是失业人，狡猾一些骗愚蠢一些的，于是报名费便成了学费，向大都市学习另外一种现实的第一课。

又到几个学校去报考，比如中法大学吧，考取后，到时那笔宿膳费廿八元想尽了方法却筹不出，一过期，还得放弃。补习学校更多是当时穷学生开的合伙文化稗贩小铺子，没有钱，哪里能随便进出？报上消息常说某某学校学生可以工读自给，到我来请求这个机会，带了自荐信去谒见当局时，想不到他们对于这种事都毫无兴趣，照例率直回答，没有这回事。只有一回在平民中学碰到个中年模样人，直接把信给他看，看过后点了点头，向我客客气气说了几句话，以为千里求学，意思很好，可以为想想办法。过两天居然还回了个信，说是"想过办法，已满额，将来有机会一定留心"。

到平半年唯一古道有情陌生的帮助，还是住西城时一个每到黄昏即摇铃铛串街卖煤油的老头子。因为买油熟习，过年时借过我两百铜子，度过了一个年关。这就是《边城》中的老祖父，我让他为人服

· 258 ·

务渡了五十年船。并把他的那点善良好意，扩大到我作品中，并且还扩大到我此后生命中，想尽一切方法帮助年青人，一切都做得十分自然原因。凡是曾经在我作品中那只渡船上，稍稍歇过一回脚，把生命由彼到此的，都一定间接得到了一点助力。溯源而上，会发现两百铜子即影响到多少人生命情感这么深。生命的连续性和传染性，实在惊人。但这么一种发展，自然不会是普通人所理解了。

相对照是我把所有初期作品上百篇，向一个著名副刊投稿时，结果却只作成一种笑话传说，被这位权威编辑，粘接成一长幅，听人说在一回什么便宜坊□□客吃烤鸭□□，当着所去一群名教授××××说……一齐揉入字纸篓里。这另外一种现实教育，这对我的侮辱，还是一个曾经参加这次宴会的某××，后来和我相熟以后，亲自告我的。为了否定它，也就把我永远变成一个理想主义者，一个"吉诃德"！凡曾经用我的同情和友谊作渡船，把写作生活和思想发展由彼到此的，不少朋友和学生都万万不会想到，这只忘我和无私的抽象渡船，原是从一种如何"现实教育"下造成的！我如不逃避现实，听狭隘的自私和报复心生长，二十三年后北方文运的发展和培育，会成什么样子？不易想象。也必然不□□□□□□手中，落□□准备□□□□□的□□□□中。

## 无从毕业的学校

我于一九二三年的夏天，从湘西酉水上游的保靖县小小山城中，口袋里带了从军需处领来的二十七块钱路费，到达沅陵时，又从家中拿了二十块钱，和满脑子天真朦胧不切现实的幻想，追求和平、真理、独立自由生活和工作的热忱，前后经过十九天的水陆跋涉，终于到达了一心向往的北京城。

还记得那年正值黄河长江都发大水，到达武汉后就无从乘京汉车直达北京，在小旅馆里住了十多天，看看所有路费已快花光了，不免有点进退失据惶恐。亏得遇到个乾城同乡，也正准备过北京，是任过段祺瑞政府的陆军总长傅良佐的亲戚，当时在北京傅家经管家务，且认识我在北京做事的舅父。因此借了我部分路费。他当时已是个四十多岁的中年人，经常往返北京，出门上路有经验，向车站打听得知，只有乘车转陇海路，到达徐州，再转京浦路，才有机会到达。也算是一种冒险，只有走一步看一步。因为到徐州后是否有京浦车可搭，当时车站中人也毫无把握。我既无路可退，因此决定和他一道同行，总比困在汉口小旅馆中为合理上算！于是又经过六七天，从家乡动身算起，前后约走了二十五天，真是得天保佑，我就居然照我那个自传结尾所说的情形：

……提了一卷行李，出了北京前门的车站，呆头呆脑在车站前面广坪中站了一会。走来一个拉排车的，高个子，一看情形知道我是个乡巴老，就告给我可以坐他的排车到我所要到的地方去。我相信了他的建议，把自己那点简单行李，同一个瘦小的身体，搁到那排车上去，很可笑的让这运货排车把我拖进了北京西河沿一家小客店，在旅客簿上写下——

沈从文年二十岁学生湖南凤凰县人

便开始进到一个使我永远无从毕业的学校，来学那课永远学不尽的人生了。

到达三天后，我又由一个在农业大学读书的黄表弟，陪送我迁入前门附近不远杨梅竹斜街酉西会馆一个窄小房间里，暂时安顿下来。北京当时南城一带，有上百成千大小不等的"会馆"，都是全国各省各州府沿袭明清两代科举制度，为便利入京会试、升学，和留京候差大小官吏而购地建成的。大如"西湖会馆"，内中宽广宏敞，平时可免费留住百十个各自开火的家庭。附近照例还另外有些房产出租给商人，把年租收入作维持会馆修补经费开销。我迁入的是由湘西所属辰沅永靖各府十八县私人捐款筹建的，记得当时正屋一角，就还留下花垣名士张世准老先生生前所作百十块梨木刻的书画板片，附近琉璃厂古董商，就经常来拓印。书画风格看来，比湖南道州何绍基那种肥蠕蠕的字还高一着。此外辛亥以后袁世凯第一任总统时，由熊希龄主持组成的第一任"名流内阁"，熊就是我的小同乡，在本城正街上一个裱画店里长大的。初次来京会试，也就短期住在这个小会馆里，会试中举点翰林后，才迁入湖广会馆。

　　尚有我的父亲和同乡一个阙耀翔先生，民三来京同住馆中一个房间里，充满革命激情，悄悄组织了个"铁血团"，企图得便谋刺大总统袁世凯。两人都是大少爷出身，阙还是初次出远门，语言露锋芒，不多久，就被当时的侦缉队里眼线知道了消息。我的父亲原是个老谭的戏迷，那天午饭后去看戏时，阙耀翔先生被几个侦缉队捉去。管理会馆那个金姓远亲，赶忙跑到戏院去通知我父亲。他知道情形不妙，不宜再返回住处。金表亲和帮会原有些关系，就和他跑到西河沿打磨厂一个跑热河的镖局，花了笔钱，换了身衣服，带上镖局的红色"通行无阻"的包票，顾了头骡车，即刻出发跑了。因为和热河都统姜桂题、米振标是旧识，到了热河后得到庇护，隐姓埋名，且和家中断绝了消息，在赤峰建平两县作了几年科长，还成了当地著名中医。直到"五四"那年，才由我那卖画为生的哥哥，万里寻亲，把父亲接回湘西，在沅陵住下。至于那个阙先生，据说被捉去问明情形，第二天就被绑到天桥枪毙了。

我初初来时，在这个会馆里住下，听那个金姓远亲叙述十年故事，自然漉起了种种感情，等于上了回崭新的历史课。当时宣统皇帝已退位十二年，袁世凯皇帝梦的破灭，亦有了好几年，张勋复辟故事也成了老北京趣闻。经过五四运动一场思想革命，象征满清皇权尊严的一切事事物物，正在我住处不远前门一条笔直大街上，当成一堆堆垃圾加以扫荡。

到京不久，那个在农业大学习园艺的表弟，带我去过宣内大街不远那个京师图书分馆阅览室参观过一次。以后时间已接近冬天，发现那个小小阅览室，不仅有几十种新报刊，可以随意取读，还有取暖饮水等设备，方便群众。这事对我说来可格外重要。因为我随身只有一件灰蓝布夹衫，即或十月里从农大同乡方面，借来了件旧毛绳里衣，在北京过冬，可还是一件麻烦事。住处距宣武门虽比较远，得走二十来分钟灰尘仆仆的泥土路，不多久，我就和宣内大街的"京师图书馆"与"小市"相熟，得到阅书的种种便利了。特别是那个冬天，我就成了经常在大门前等待开门的穷学生之一，几乎每天都去那里看半天书，不问新旧，凡看得懂的都翻翻。所以前后几个月内，看了不少的书，甚至于影响到此后大半生。消化吸收力既特别强，记忆力又相当好，不少图书虽只看过一二次，记下了基本内容，此后二三十年多还得用。

当时小市所占地方虽并不大，东东西西可不少，百十处地摊上出卖的玩意，和三家旧木器店的陈货，内中不少待价而沽的破烂，居多还是十七八九世纪的遗存，现在说来，都应当算作禁止出口的"古文物"了。小市西南角转弯处，有家专卖外文旧书及翻译文学的小铺子，穷学生光顾的特别多。因为既可买，又可卖，还可按需要掉换。记得达夫先生在北京收了许多德国文学珍本旧书，就多是在那里得到的。他用的方法十分有趣，看中了某书时，常前后翻了一翻，故意追问店中小伙计："这书怎么不全？"本来只二三本的，却向他们要第四本，好凑成全份。书店伙计不识德文，当然不明白有无第四本。书既不全，于是只好再减价一折出售。人熟了点，还可随意借书，收条也不用给。因为老北京风气，说了算数。我就采用这个办法，借看过许多翻译小说。

青春生命正当旺盛期，仅仅这些书籍是消耗不了的，所以同时和在家乡小城市情形一样，还有的是更多机会，继续来阅读"社会"这本大书。因为住处在前门附近偏西一条小街上，向西走，过"一尺大街"，就进入东琉璃厂铁栅栏门，除了正街悬挂有招牌的百十家古董店、古书店、古画店和旧纸古墨文具店，还有横街小巷更多的是专跑旧家大宅，代销古玩和其他东东西西的单帮户。就内容言，实在比三十年后午门历史博物馆中收藏品，还充实丰富得多。从任何一家窗口向里望去，都可以见到成堆瓷器漆器，那些大画店，还多把当时不上价的，不值得再装裱的破旧书画，插在进门处一个大瓷缸中，露出大小不一的轴头，让人任意挑选。至多花钱十元八元就可成交。我虽没有财力把我中意的画幅收在身边作参考资料，却有的是机会当别人选购这些画幅时，得便看看，也从旁听听买卖双方的意见，因此增加不少知识。

若向东走，则必须通过三条街道，即廊坊一二三条，或更南些的"大栅栏"，恰恰是包括了北京市容精华的金银首饰店铺，玉翠珠宝铺，满清三个世纪象征皇权尊严和富贵的珍贵皮货店，名贵绸缎呢绒匹头店，以及麝香、鹿茸、熊胆、燕窝、牛黄马宝药物补品店。尽管随走随停，大约有二十分钟，就可到达当时北京城最热闹的前门大街。市面所有大小商店，多还保留明清以来的旧格局，具有各种不同金碧煌煌古色古香高高耸起的门楼，点缀了些式样不同的招牌，和独具一格的商标。有的还把独家经营的货样，悬挂在最显眼处，给生熟主顾一望而知。到了前门大街，再笔直向前走去，过了珠宝市以后，就还有上百家大小挂货铺，内容更是丰富惊人。若说琉璃厂像个中国古代"文化博物馆"，这些挂货铺就满可以说是个明清两朝由十四世纪算起，到十九世纪为止的"人文博物馆"。举凡近六百年间，象征皇权的尊严起居服用礼乐兵刑的事事物物，几几乎多集中于这些大小店铺中，正当成废品加以处理。一个有心人都可望用极不足道的低廉价钱，随心所欲不甚费力就可得到。什么"三眼花翎"、"双眼花翎"头品顶戴连同这种王侯公卿名位自来旧红缨凉帽，天青宁绸海龙出锋外套，应有尽有一切随身附件，丹凤朝阳嵌珠点翠的皇亲国戚贝勒命妇的冠戴，原值千金的"翠玉翎管搬指"，"钦赐上用"成分的荷包，来自大西洋的整匹"咔喇"，大红猩猩毡的风帽，以及象牙虬角的"京八寸"烟管，紫檀嵌螺钿的鸦片烟具，全份象牙精雕细磨而成的鼻烟用具，乌铜走银的云南福禄寿三星，总兵提督军门的整份盔甲，王公贵戚手上轻摇的芝麻雕白羽扇，以至出自某某王府祖传三代的祠堂中供奉的写真大像，都在大拍卖处理中，招邀主顾。进出店铺这些洋人洋婆子，好事猎奇，用个十元八元就可得到。天桥一带地摊上，还更加五光十色，耀人眼目，整匹的各色过时官纱、洋绉、板绫、官缎，都比当时流行的三友牌"爱国布"还不值钱，百十种摊在路边土地上，无人过问。皮毛部分则在陈杂皮货堆中，只要稍稍留心，随时可以发现天马玄狐倭刀腿七分旧的料子，还有宋代以来当作特别等级的马具狨座，经过改动的金丝猴炕垫背心，和全头全尾的紫貂北獭……这类物色，十多年前有的只有皇上钦赐才许服用的特别珍贵皮毛衣物，只要你耐烦寻觅，都无不可从一堆堆旧皮料中发现。

这条大街可相当长，笔直走去可直达"天桥"。到天桥时，西边还有一组包括了百十个用席棚分隔，杂耍杂艺，每天能接纳成千上万北京小市民的娱乐开心的场所。有的得先花个一毛二毛，才能分别入座，有的却随意进出，先观看后收钱。照例不少人到收钱时就一哄而散。但又总有个预防措施，自己绷场面的伙计，尽先撒一把钱，逗那些新从外地来的游人，不能不丢下几个小制钱，才嘻嘻哈哈走去。这里主要顾客虽是"老北京"为了消耗多余生命，消闲遣闷的世界，却依然随处都可发现衣着单薄，不大成体统的外省大学生，或留在会馆候差的中年人。因此也不缺少本地出产的经营最古职业的做零活的妇人，长得身材横横的，脸上敷了一层厚厚的白粉，再加上两饼桂元大洋红胭脂，三三两两到处窜动，更乐意在游人多处，有意挤那些一望而知是初初来到的外省人身边去，比在公园里更大胆更无忌讳。只是最能吸引我这个乡巴佬兴味的，却是前门大街南边一点，街两旁那百十家大小不一的"挂货铺"。

我就用眼所能及，手所能及的一切，作为自我教育材料，用个"为而不有"的态度，在这些地方流连忘返的过了半年。我理会到这都是一种成于万千世代专业工匠手中的产物，很多原材料还来自万千里外，具有近古各国文化交流历史含义的。它的价值不是用货币可以说明，还充满了深厚友好情谊，比用文字叙述更重要更难得，且能说明问题的。但是当时代表开明思想新一代学人，却极少有人注意到这个问题，居多只当成一份"封建垃圾"看待。只觉得尽那些直脚杆西洋人，和那些来自罗刹国的洋婆子，收拾破烂，尽早把它当成无价宝买去好。事事物物都在说明二千年封建，和明清两代老北京遗留物，正在结束消灭中。可是同样在这条大街上及后门一带，却又到处可以发现带辫发的老中幼"北京人"，大街小巷中，且还到处可以见到红漆地墨书的"皇恩春浩荡，明治日光华"，歌颂天恩帝德的门联。我就在这个历史交替的阶段中，饱读了用人事写成的一卷离奇不经的教育约半年，住处才转到沙滩附近北河沿银闸胡同和中老胡同各公寓，继续用另外一种方式学习下去。

乍到这个学府新环境中，最引起我的兴趣和激发我的幽默感处，是从男学生群中，发现大多数初来北京的土老老，为钦慕京派学生的时髦，必忙着去大栅栏西头"大北照相馆"，照几张纪念相。第一种是穿戴博士帽的毕业像，第二种是一身洋服像，第三种是各就不同相貌、身材和个人兴趣，照个窦尔墩、黄天霸、白玉堂，或诸葛亮唱《空城计》时的须生戏装像。这些戏装是随时可租，有时却得先挂上号，另外约定日子才去照的。

迁居到沙滩附近小公寓后，不多久就相熟了许多搞文学的朋友。就中一部分是北大正式学生，一部分却和我一样，有不少不登记的旁听生，成绩都比正式生还更出色，因为不受必修课的限制，可以集中精力专选所喜爱的课题学下去。也有当年考不起别的合理想学校而留下自行补修的。也有在本科中文系毕了业，一时不想就业，或无从就业，再读三年外文的。也有本人虽已毕业，为等待朋友或爱人一同毕业而留下的。总之，都享受到当时学校大门开放的好处。

当时一般住公寓的为了省事，更为了可以欠账，常吃公寓包饭。一天两顿或三顿，事先说定，定时开饭。过时决不通融，就得另想办法。但是公寓为了节省开支，却经常于半月廿天就借口修理炉灶，停火一二天，那时我就得到小铺子去解决吃的问题。围绕红楼马神庙一带，当时约有小饭铺廿来家，有包月饭也有零餐。铺子里座位虽不多，为了竞争买卖，经常有"锅塌豆腐"、"摊黄菜"、"木樨肉"、"粉蒸肉"、"里脊溜黄瓜"一类刺激食欲的可口菜名写在牌子上，给人自由选择。另外一水牌则记上某某先生某月日欠账数目。其中还照例贴有"莫谈国事"的红绿字条。年在五十开外的地区警察，也经常照例出现于各饭馆和各公寓门里掌柜处，谈谈家常，吸一支海盗牌香烟，随后即连声"回头见，回头见"溜了。事实上，这些年青学生多数兴趣，正集中在尼采、拜伦、哥德、卢梭、果戈里，涉及政治，也多只是从报上知道国会议员，由"舌战"进而为"武斗"，照一定程序，发生血战后，先上"医院"填写伤单，再上"法院"相互告状，末了同上"妓院"和解了事。别的多近于无知，也无从过问的。巡警兴趣却在刘宝全、白云鹏、琴雪芳、韩世昌、燕子李三，因为多是大小报中时下名人。彼此既少共同语言，所以互不相犯。在沙滩附近走走，也只是"例行公事"而已。到校真正搜捕学生时，却是另外侦缉队的差事，和区里老巡警不相关的。

沙滩一带成为文化中心，能容下以千计的知识分子，除了学校自由思想的精神熏陶浸润得到的好处以外，另外还有个"物质"条件，即公寓可以欠账，煤铺可以欠账，小食堂也可以欠账。这种社会习惯，也许还是从晚清来京科举应试，或入京候补外放穷官，非赊欠无以自存遗留下来的。到"五四"以后，当时在京做小官的仍十分穷窘，学生来自各省，更穷得可笑。到严冬寒风中，穿了件薄薄的小袖高领旧而且破灰蓝布夹衫，或内地中学生装的，可说举目可见。我还记得某一时节，最引人注目的一位，可能是来自云南的柯仲平，因为个子特别高大，长衫却特别短小，我因为陈翔鹤关系，和他有一面之缘，也在同一小饭铺吃过几回饭。至于我，大致因为个子极小，所以从不怎么引人注意。其实穿的是同样单薄，在北方掌柜眼中，实不必开口，就明白是来自南方什么小城市的。

当时不仅学生穷的居多，大学教授经常也只发一成薪水，还不能按时领到手。如丁西林、周鲠生、郁达夫诸先生，每月定薪三百六十元，实际上从会计处领到三十六元，即十分高兴。不少单身教授，也常在小饭铺吃饭。因此开公寓的，开饭铺的，更有理由向粮食店、肉店、煤店继续赊借，把事业维持下去，十分自然，形成一套连环举债制度。就我所知，实可以说，当时若缺少这个连环赊欠制度，相互依存关系，北大的敞开校门办学，也不会在二十年代，使得沙滩一带以北大为中心带来的思想文化繁荣的。

在这种空气环境中，艰苦朴素勤学苦干的自然居多数，可也少不了来自各省的大少爷、纨绔子和形式主义装模作样的"混混"。记得后来荣任北平市长的胡××，在东斋住下时，就终日以拉胡琴，捧戏子为主要生活。还有个外文系学生张××，长得人如其名，仪表堂堂，经常穿了件极其合身的黑呢大衣，左手挟了几本十八九世纪英国诗人名著，右手仿照图画中常见的拜伦、雪莱或拿破仑姿势，插到胸前大衣扣里，有意作成抚心沉思或忧伤状态，由红楼走出时，慢慢沿着红楼外墙走去，虽令熟人看来发笑，也或许同时还会博得陌生人肃然起敬，满足自己的表演。据陈炜谟说，这一位公子哥儿，实在蠢得无以复加。因为跟一个瞎子学弹三弦，学了大半年，还不会定弦，直气得那瞎师傅把三弦摔到地下，认为一生少见的蠢材，一个学费也不收，和他分手而去。只是我看到他时，却依旧作成诗人姿势，外表庄严，内心充实，继续不改常度。和他在沙滩一带碰头时，且觉得十分有趣。扮拜伦虽不算成功，却够得上算是果戈里戏剧中成功角色之一。正因为沙滩一带候补学士、未来作家中，既包罗万有，因此自以为是尼采，或别的什么大诗人大文学家本人，或作品中脚色的，都各有其人。我还发现过许多这种趣人趣事，比旧小说中的《儒林外史》、《二十年目睹之怪现状》，新小说中契诃夫作品中脚色，反映的人事种种，还更精彩生动，活泼自然。因此总是用两方面得来的知识印象相互补充，丰富我学习的内容阔度和深度。综合这份离奇不经教育，因而形成我自己的工作方式方法和做人信念。

# 无从驯服的斑马①

我今年已活过了八十岁，同时代的熟人，只剩下很少几位了。从名分上说，我已经很像个"知识分子"。就事实上说，可还算不得正统派认可的"知识分子"。因为进入大城市前后虽已整整六十年，这六十年的社会变化，知识分子得到的苦难，我也总有机会，不多不少摊派到个人头上一份。工作上的痛苦挣扎，更可说是经过令人难于设想的一个过来人。就我性格的必然，应付任何困难，一贯是沉默接受，既不灰心丧气，也不呻吟哀叹，只是因此，真像奇迹一般，还是依然活下来了。体质上虽然相当脆弱，性情上却随和中见板质，近于"顽固不化"的无从驯服的斑马。年龄老朽已到随时可以报废情形，心情上却还始终保留一种婴儿状态。对人从不设防，无机心。且永远无望从生活经验教育

---

① 本篇是作者的一篇未完成的遗作，写于 1983 年春。

中，取得一点保护本身不受欺骗的教训，提高一点做个现代人不能不具备的警惕或觉悟。政治水平之低，更是人所共睹，毋容自讳。不拘什么政治学习，凡是文件中缺少固定含义的抽象名辞，理解上总显得十分低能，得不出肯定印象，做不出正确的说明。三十年学习，认真说来，前后只像认识十一个字，即"实践"，"为人民服务"和"古为今用"，影响到我工作，十分具体。前面七个字和我新的业务关系密切，压缩下来，只是一句老话，"学以致用"，由于过去看杂书多，机会好，学习兴趣又特别广泛，同时记忆力也还得用，因此在博物馆沉沉默默学了三十年，历史文物中若干部门，在过去当前研究中始终近于一种空白点的事事物物，我都有机会十万八万的过眼经手，弄明白它的时代特征，和在发展中相互影响的联系。特别是坛坛罐罐花花朵朵，为正统专家学人始终不屑过问的，我却完全像个旧北京收拾破衣烂衫的老乞婆，看得十分认真，学下去。且尽个人能力所及，加以收集。到手以后，还照老子所说，用个"为而不有"的态度，送到我较熟习的公共机关里去，供大家应用。职业病到一定程度下日益严重，是必然结果。个人当时收入虽有限，始终还学不会花钱到吃喝服用上去。总是每月把个人收入四分之一，去买那些"非文物"的破烂。甚至于还经常向熟人借点钱，来做这种"蠢事"。因此受的惩罚也使人够受的。但是这些出于无知的惩罚，只使我回想到顽童时代，在私塾中被前后几个老秀才按着我，在孔夫子牌位前，狠狠的用厚楠竹块痛打我时的情形，有同一的感受。稍后数年，在军队中见那些杀戮，也有个基本相同的看法，即权力的滥用，只反映出极端的愚蠢，不会达到他们预期的效果。

使我记忆较深刻且觉得十分有趣的，是五几年正当文物局在北都举行一次全国博物馆工作会议时，或许全国各大博物馆文物局的负责人和专家，都出了席。我所属的工作单位，有几位聪明过人的同事，却精心着意在午门两廊，举行了个"内部浪费展览会"，当时看来倒像是很有必要的一种措施。事先没有让我参加展出筹备工作，直到有大批外省同事来参观时，我才知道这件事。因为用意在使我这文物外行丢脸，却料想不到反而使我格外开心。我还记得第一柜陈列的，是我从苏州花三十元买来明代白绵纸手抄两大函有关兵事学的著作，内中有一部分是图像，画的是些奇奇怪怪的云彩。为馆中把这书买来的原因，是前不多久北京图书馆刊正把一部从英国照回来的敦煌写本《望云气说》卷子加以刊载，并且我恰好还记得《史记》上载有卫青、霍去病出征西北，有派王朔随军远征"主望云气"记载。当时出兵西北，征伐连年，对于西北荒漠云气变化，显然对于战事是有个十分现实的意义。汉代记载情形虽不多，《汉书·艺文志》中，却有个"黄帝望云气说"，凡是托名黄帝的著述，产生时间至晚也在春秋战国时已出现。这个敦煌唐代望云气卷子的重要性，却十分显明。好不容易得来的这个明代抄本，至少可以作为校勘，得到许多有用知识，却被当成"乱收迷信书籍当成文物"过失看待。可证明我那位业务领导如何无知。我亲自陪着好几个外省同行看下去，他们看后也只笑笑，无一个人说长道短，更无一人提出不同意见。于是我又陪他们看第二柜"废品"，陈列的是一整匹暗花绫子，机头上还织得有"河间府织造"几个方方整整宋体字。花绫是一尺三左右的窄箔织成的，折合汉尺恰是二尺宽度。大串枝的花纹，和传世宋代范纯仁诰敕相近。收入计价四元整。亏得主持这个废品展览的同事，想得真周到，还不忘把原价写在一个卡片上。大家看过后，也只笑笑。我的上司因为我在旁边不声不响，也奉陪笑笑。我当然更特别高兴同样笑笑。彼此笑的原因可大不相同。我作了三十年小说，想用文字来描写，却感到无法着手。当时馆中同事，还有十二个学有专长的史学教授，看来也就无一个人由此及彼，联想到河间府在汉代，就是河北一个著名丝绸生产区。南北朝以来，还始终有大生产，唐代还设有织绫局，宋、元、明、清都未停止生产过。这个值四元的整匹花绫，当成"废品"展出，说明个什么问题？结果究竟丢谁的脸？快三十年了，至今恐还有人自以为曾做过一件绝顶聪明，而且取得胜利成功伟大创举。本意或在使我感到羞愤因而离开。完全出于他们意外，就是我竟毫不觉得难受。并且有的是各种转业机会，却都不加考虑放弃了。竟坚决留下来，和这些人一同共事三十年。我因此也就学懂了丝绸问题，更重要还是明白了一些人在新社会能吃得开，首先是对于"世故哲学"的善于运用。这一行虽始终是个齐人滥竽的安乐窝，但一个真正有心人，可以学习的事事物物，也还够多，也可说是个永远不会毕业的学校。以文学实践而言，一个典型新式官僚，如何混来混去，依附权势，逐渐向上爬，终于"禄位高升"的过程，就很值得仔仔细细做十年八年调查研究，好好写出来。虽属个别现象，同时也能反映整个机构的……

# 一个知识分子的发展

上一个月，我在北京历史博物馆，听到传达周总理关于对待知识分子问题报告后，和馆中同事，都充满了一种说不出的心情，加深了一层个人在这个新时代工作的责任感。因为自从人民政府成立，毛主席在天安门上面向全国人民和全世界宣布"中国已经站起来了"[①]一天起始，全中国人民都为这句话所鼓舞，在党的正确领导下，按照一定计划，进行建设祖国的工作。试想想，六亿双勤劳的手，在为同一崇高艰巨目的，而进行忘我的劳动，一年接着一年发展下去，凡是不合理的事都总可望逐渐合理，必然做到一切力量都集中使用到把中国真正站起来基础越久越稳固壮大工作上面，对中国，对世界和平力量，这将是一种多大的事情！这次又因参加政协，昨天听过陈毅副总理关于农业合作化的报

————————

① 原话是：中国人从此站立起来了。

告后，回家路上，在车中，和年过七十，在本世纪初期，和帝国主义者办过交涉极久的叶恭绰先生，谈起近五十年来帝国主义者侵略中国的问题时，他说，有两次关于国家重要消息使他流泪：一次是孙中山先生宣布辛亥革命成功，另一次就是毛主席在人民政府成立时，说的"中国已经站起来"。因为都和反帝有关，和对于国家新的转机有关。我想凡是年在六十上下的知识分子，和叶老先生具有同感的一定不在少数！新中国成立了六年，我和许多旧知识分子一样，在党的不断教育和帮助中，和亿万人民一道，从一种崭新工作态度中，沉默进行工作。随同社会发展，经过革大学习，和土地改革、五反，几回全国性重要运动的参与，一面认识到社会在起着史无前例的巨大变化，另一面也体会到个人生命，在随同社会革命亿万人行动斗争的浪潮，起着不断的变化。全中国亿万人在进行的生产建设，引起社会面貌的改变，是正如彭真同志在上次北京市文代会上所说的，一分一秒都有所不同的。

至于我个人呢，说来变是变了，不过由于工作性质和体力关系，比起许多朋友来，不免落后了一大段。譬如朋友中巴金、老舍、曹禺、冯至诸同志，几年来都为国家人民跑了许多路，做了许多事情，还写了许多对人民有益的好文章。我却真像个退了伍的老兵，长时期蜷伏在天安门里博物馆研究室和库房文物堆中，只是浮浮泛泛的学习了一些文物常识。旧有的熟习的东西，慢慢的都生疏了，新搞的业务却博而寡要，表面上也算是个文物工作者了，事实上只是个凡事一知半解的"假里手"。又由于史部学底子极其薄弱，政治理论水平低，学习业务尽管还发迷专心，到应用时可毫无条理。一切表现都落后于社会现实的要求极远。翻来覆去，工作始终脱不出一般常识范围。工作学习上虽有些外在障碍，思想方法不对头，应当是主要原因。加之旧社会带来的情绪意识，扎到头脑角角落落，平时看不见，摸不着，但是一有机会还不免向上泛滥，发生对旧工作的失败感，和对新社会的退缩感。外来启发鼓励，我缺少深一层考虑，自然也难于理解。心中即或时时刻刻想到革命过去的困难，和目下全国范围内亿万人民正在进行的伟大建设劳动，以至于党对于我个人的工作上的处处照顾，鼓励，思想上的帮助，我必须不自外于人，来好好的工作，把所有力量全用出来。个人对社会关系虽那么理解，但是，运用到工作实践上时，总还是好处少而毛病多，经不住逐件检验。凡是馆中共同完成的事情，我照例做得极少，通过个人完成的，又多是轻而易举极其表面的。小事做得比较谨慎，大问题却把握不住。旧知识分子思想作风还占优势，新东西就不易抬头。特别表现在工作作风粗率，和对群众关系的疏远，不善于自我批评，能任劳而不能任怨。虽有热情而不够细致。在某些研究问题意见上，不看时间地点，坚持片面主张，近于顽固。对于自己过去写作思想倾向上的错误，也不愿加以彻底分析批判。因此尽管存心努力要从工作上向一个优秀的共产党员行动看齐，事实上能学到的，恐怕只是极小极小一部分，做毛主席小学生的资格，还隔得很远！例如由于思想无条理，有时写点关于业务上问题的小文章，让大家看得懂，就办不到，学不好。唯一的一点思想情绪发展，就是过去三十年，完全从个人出发的写作态度，自高自大，脱离人民的工作作风，处处见出不过问政治的老牌自由主义作家的顽固自信，现在看来，已明白真是幼稚糊涂之至。这完全是自私、狂妄。仔细分析，这种缺少正确阶级立场超然独立的写作态度，这种不分好坏的伪自由主义，正是半殖民地化的中国大多知识分子一种类型的反映。我过去许多年来，虽写了一大堆作品，只是其中极少一部分在主题内容上，还接近人民感情，风格上也有些新意，大部分作品都不成熟，情绪且极不健康，对年青人说来，坏影响实多于好作用。一部分作品且会产生麻醉毒害作用，引起许多年青读者安于当前那种腐败透顶的社会，和人民革命斗争游离，糊糊涂涂混日子下去。近几个月来，报纸上常见到各省市取缔荒诞、淫猥、反动的小说报刊消息，我有许多作品，事实上就属于这一类性质，在旧社会毫无进步作用，在新社会更不宜于存在。我在写作中所犯最大的错误，还是本来从人民群众队伍中生长的，到后却把自己孤立起来，轻视群众集体的活动。本来不懂政治，由不明白而害怕政治，在抗战胜利结束前后，正值国内政治情况特别复杂尖锐时，我却关在二丈见方的小书房里，完全凭个人主观感想，写过了些十分浅薄糊涂，具有不良影响的文章。例如在一篇没有刊出的论党派的文章中，一面说国民党前途无希望，另一面却认为共产党也没有什么了不起。我其实既不熟习国民党，更对于共产党缺少认识。我所见到的国民党腐败面，不过是孔祥熙一流人出洋相，和我接触到的其他一些亲戚朋友堕落贪污的情况。至于共产党情形，却可说丝毫不知。谈文学，只以为胡风就是代表。因此做八股似的，提出一个荒唐到家的结论说，明日真正能够担当天下大事，调和国内外局面使国家向前发展的，只有一个能折衷于国内实力派，又能折衷于世界两大阵营的"第四党"，以知识分子为中心的集团，能够有办法！我虽并没有"天下舍我其谁"作帝王师幻想，但在写作意识上，却不免以在云端里诸葛亮自居。既不过问对读者的影响好坏，也并不考虑在抗战八年中，饿得瘦瘪瘪的知识分子，究竟有多大能耐，多大抱负，能够负起责任，适应国内外复杂局面。越写越和现实脱离，也自然越和人民对我的期待离远。记得当时有人批评我时，我还奇怪，你们口口声声争自由，怎么就不让我自由表示对国家明天的意见？我哪里明白，在复杂尖锐阶级斗争中，知识分子真是软弱之至。在当时情况下，知识分子如果真的成了支配国家命运的领导者，不到五年功夫，恐怕所有一点民族工业，都会被美帝商品倾销搞垮，五亿农民一部分得饿死，一部分也只好回复到半农奴凄惨状态下去。有真才实学知识分子对于国家建设时，在科学和工业及一般文化领域中的推动作用，我并没有估计错。可是现在才明白，国家建立尽管是离不了科学和工业，可是决不是单纯几千个科学专家排排队，就能把一国科学和工业搞好。以中国情况，若缺少中国共产党领导者毛主席坚强正确领导的人民革命，联合工农进行的持久阶级斗争，把一个半封建半殖民地化的旧社会推翻，把以蒋介石为首腐败透顶了的官僚地主政权，连根到底粉碎，把盘据到中国一百年长久的帝国主义者势力整个扫荡，给知识分子开辟一条为人民服务的广阔道路，任何第一等天才的真才实学，就毫无发挥的余地。不甘心守住条件困难的大学实验室或图书馆，就只好跑到上海去什么外商银行、洋行、药房，帮同外国商人骗中国人的钱，分一点点人民血汗。或从蒋介石下边讨个一官半职。对个人生活算得是出路，对国家前途，哪里是什么真正出路？他和旧社会统治阶级越接近，也就必然越加和大多数人民苦乐离远。在那种基础上说爱国，说治国，都完全是梦话！

还有一种科学家，过去以为能写出很好的法文英文论文而自豪，却不肯用中文写它。从个人说来，当然也算是一种出路。可是老百姓养活这种对国家人民毫无情感的知识分子，于中国前途发展，有什么用处？我虽并不写这种论文，也并不以为政治上必须依附英美找出路为合理，可是我的思想意识，当时却也不免相当倾心于英美资本主义社会方式下许多东西。我在国内出版的一些书籍，序言上总不忘记要提一笔，不希望有更多读者。并且隐隐还以此自傲。好像一个唱戏的人，明明白白非靠观众不可，却在戏院门前挂一块牌子，写上"没有人买票，也到时开锣出台"。可是当朋友把我几个故事译成英文，在英国出了个小册子时，我心里就依然还只希望多卖些。基本情绪和一些用外文写论文的科学家有什么不同？其实我写到的故事，大都不是中国近半世纪社会变化中重要事件，更缺少对祖国人民在现实斗争中表现真实的热情。这些作品在国外越流行，也只是越增加读者对中国不正确认识。即或爱中国人民，也不能体会中国人民更可爱的地方。在国外读者面前，造成对祖国人民健康的发展和痛苦的挣扎，有所歪曲和粉饰。所以我这种写作思想、作风和影响，现在细想起来，真不免毛骨悚然，实在还远比用外文写论文的更加要不得，对人民不起。

我虽然出身于湘西边上一个小城市，并不是"袭先人之余荫"长大的，由于生活发展，到几个大都市学校中胡混了二三十年，逐渐被都市中的一种资产阶级思想浸润，成为一个半知识分子，后来并且发展成为一种和人民日益远离，也和许多真正正派、前进、对国家前途充满热情的知识分子游离，而在一种近于病态自大、顽固而又情感脆弱的情形中发展下去。凡是这种性格，照发展规律说来，如蒋介石不倒台，是迟早会容易由思想意识的反动，逐渐进而为行为反动的。所以到后来，虽并不曾被蒋贼拉下水去，可是也真是到了坠落危险的边沿。北京解放，人民才重新把我挽回到人民队伍中来，学习把工作一切从为人民出发，从头作起。

因为有这么一种过去，我的写作生活，在解放后自然是难以为继，并不奇怪。新的社会正在一系列轰轰烈烈的人民群众斗争发展中生长，再不需要我写的那种空空洞洞的新传奇故事，更不容许这种对年青人明白有害的作品继续发生影响。新的事物我全不熟悉，实在没有什么可写的。得到党的帮助，我转到了一个自己和友人都料想不到的新的工作岗位上。前几年，除了极少的几个相熟朋友知道我在做些什么事，其他方面的联系，全都断绝了。

　　新的工作既极其生疏，也相当单调，体力又不大好，以我那么一种性格的人，居然能那么工作下去，许多人恐怕都不容易想象。我自己呢，倒以为极其简单。国家大事情我通不知道，党一再告我们，工作无论大小，都要人好好的做下去，都是对国家有用的，工作上生活习惯上自然都不免碰到困难，还是用一个"接受"态度，努力克服下来了。先还只是从个人出发，以为只要在职务上不尸位素餐，像个文物工作者就够了。自从美帝发动侵略朝鲜战事，并公开表示用武力强占台湾海峡，支持台湾蒋介石残余集团后，我想我这么下去可不成。我如果真的这么沉默下去，倒有利于蒋匪和帝国主义者，好借此造谣宣传，共产党如何如何压迫作家。这些历史渣滓，是不会懂得中国人民心理的，更不会想到一个三十年来什么都不相信的沈从文，现在就深深相信中国必需有个共产党来领导，才会把中国搞好。我这点信仰的建立，和大多数知识分子一样，不是凭空产生的，是从共产党给了我们眼见一系列对国家大事安排的伟大成就上建立起来的。

我一九二三年来到北京，在北京城里，我看到曹锟的贿选，张作霖入关，溥仪出宫，孙中山先生北来，"三·一八"事件，李大钊先生牺牲，以及北伐前后北京的种种，看到大革命失败后相熟朋友前后的牺牲，看到"一·二八"后上海吴淞闸北，日帝国主义者炮火对中国土地的蹂躏，看到北京东交民巷和上海租界，帝国主义者以主人自居的气焰，和各种不同洋奴的丑恶。我还看到抗日战争开始，日帝国主义者第一次在北京上空出现的轰炸南苑的飞机，和抗战胜利结束前夕，最后到云南上空轰炸中国人民的七十六架飞机。……我另外还看到在蒋介石政权下的社会各种腐败的现象，抗日时期的虐待壮丁，复原时期的接收贪污。中国共产党领导人民，进行三年的解放战争，瓦解了美帝所支持的蒋介石腐败政权，建立了一个每一件事都真正为人民利益着想而切实努力的政权，这个政权并且在运用一切方法，把全体人民的爱国热情鼓动起来，为建设祖国而劳动。现在更鼓励所有知识分子，把一切有利于人民的聪明才智，和全体人民事业好好结合起来。一切真正有用的专门知识，都有机会充分得到发展，使用到人民最需要的工作上去。每一个人的劳动，都是为中国全体人民实现一个"更好的明天"而准备，每一种工作的成就，都显明帮助到其他部门工作的发展和提高。一切先进工作经验，在最短时期都可望成为全国共同学习的模范。我和其他知识分子一样，是活到这么一个崭新的社会中。我是一个充满幻想头脑的人，而过去对国家社会许多幻想，现在差不多都可从中国共产党正确领导一定计划中，通过千万人共同劳动中，童话般——实现到我的面前。一条黄河可以想办法管制起来为人民造福，一条长江也可望同样管制起来为人民造福。我活到这么一个时代中，有什么理由不拥护中国共产党？我难道还能够坚持个人过去写作上那种极端错误认识，自外于人民，反而长此沉默来为台湾蒋介石残余张目？几年来，我能够在我并不熟习的新的工作中，学习为人民事业服务，就因为我觉得在这么一个伟大时代里，即做一个极普通的公民，也比在旧社会做一个误人子弟的作家或教授好得多。

听到传达周总理对于知识分子的报告后，我有说不出的感情，就是试从工作上分析检查一下自己。几年来我真正为人民做的工作，实在太少，远不如人民对我的期望。而得到的优待已太多。我由于政治理论学习不够抓得紧，业务学习又太杂，现在有机会让我来多做点事情，本领可不够。我还待进一步整理自己一下，准备来在党的教育帮助下，才可望把所有一点小小长处，配合国家需要，更好更多为国家做点事情。要重新努力，学习使用手中这支笔，来为劳动人民全体创造出的成就颂扬讴歌。三十年前我就知道西山有个大铁厂，直到前天才有机会看见石景山钢铁厂高炉和炼焦炉，在一大群年青工人劳动操作下生产情况。我早就听说北京郊外国棉二厂，是祖国在建设中万千个新工厂中一个有代表性的，昨天才有机会看到几千年青男女工人，守在崭新机器边，非常热情细心的把青春劳动，贡献给祖国人民的情形。使我觉得对他们表示真实的崇敬外，还想向这些一生中可能只有机会偶然见过一面、永远不会相识的年青朋友，提出一个保证："今后要把工作态度永远向你们看齐。"一定要学习你们的耐烦和细心，为建设祖国忘我的劳动。我深深知道，祖国能够如毛主席说的真的站立起来，不怕任何风雨，不怕包围封锁我们的帝国主义者的威胁压迫，稳定坚决一直向社会主义、共产主义目标前进，是由于祖国有亿万和你们一样的青年，在伟大人民领袖毛泽东旗帜下，在中国共产党正确领导下，守在各种各样不同工作岗位上，用了个完全同一的信心鼓励着工作热情，日以继夜的为祖国而劳动的结果。我不仅要向你们工作态度看齐，还要把我几年来从祖国文化遗产中学到的一切，特别是属于工艺图案中健康优秀的部分，好好发掘出来，和你们工作成就加以结合，让亿万人民，享受你们劳动的成果，也享受祖国过去累代纺织工人的劳动成果。而从这个基础上，年青美术图案设计工作者，还会有万千种健康美好的新花朵，创造出来配合你们的工作。

这是不是做得到的？我相信是完全做得到的。因为活在伟大毛泽东的时代中，凡是合理的对人民有益的事情，总会迟早可望实现的。我们要解决台湾问题，让台湾人民脱离美帝的武力支配，蒋介石的残酷压迫，回到祖国的怀抱。我们还盼望那些远在国外，对于中国共产党的政策，对于新的国家种种，受帝国主义者长期宣传所蒙蔽，不明白真实情况的朋友和学生，应当去掉一切不必要的顾虑，赶快想方设法回到祖国来，参加祖国的伟大建设工作。祖国需要你们少壮比我们还重要。

# 解放一年 —— 学习一年

　　北京解放已一年。在这个地方进行的每一种会议，无疑都和国家新生世界和平相关。但这一年来，我个人却完全是在病的隔离中度过的。手中一支笔，是在冻结中完全失去了意义的。二十年工作离群，生活又拘束于一个狭小范围里的我，解放前后，外有窘迫，内多矛盾，神经在过分疲乏中，终于逐渐失去常度。大病之后，和社会更形成隔绝与孤立。本来工作，已无什么意义。新的学习，接触问题既窄，自然还是虚虚泛泛，并不落实。

　　谢谢来自各方面给我的不同照顾，不同教育，让我明白"人"这个字辛苦含义更深一些，广一些，也复杂一些。更明白"人不能离群"，离群必病。"人不易知人"，因有所蔽即有所偏，容易形成亲和与游离，恩怨和爱憎。"人不能离开政治"，政治实无所不在，且影响一切，支配一切。"人难成而易毁，器难成而易毁，事难成而易毁"，一毁即不可复。所以昔人说律己，有"履虎尾涉春冰"之戒，治国家，又有"朽索驭六马"名言。一年来以人为师，以事为师，随处学习，随事自省，随时忘我，有些方面像是进步极少，依然如旧，有些方面又像是理性稍复，方向较清。我想把能理解到的写它出来，或可从这个段落上提高一点点，再学习，再修正，再迈一步。

我的全部生命，是在一个生活变化比较多，而信念却单纯的过程中生长发育的。从十岁以后，即如完全单独进入社会。用一切动的社会当成书本从事学习。生长的却是一个文化知识落后，却有自然风景和历史抒情传说及素朴风俗综合的小小区域，在这个地方城市和乡村生活教育中，过了童年和少年。随后由于五四文化运动的余波，一堆新书把我诱引出来，到封建大都市北平，算算时间，前后即已差不多四十年。由于本质脆弱，一起始即用"沉默"接受外来的困难和挫折，在风雨忧患中向前。又因为信念基础，是奠于一个对土地人民和文化史的热爱广泛前提上，因此也就永远是挫折而永远从沉默中学习并接受。一切事说来，都不是城市里温暖家庭长大的人所能想象的。一个吃饱睡足的中等人家子弟，在大学在高中上课之余，用看电影消耗剩余生命时，也正是我或者和一个船夫一个普通兵士同忧患，生活打成一片来过日子，或是面对工作，既要克服困难又要战胜自己体力弱点时。一面是受区域性的楚人气质紧紧缚定，严格管制自己，一面是用习惯性的谦柔方式挣扎，学习，和社会不合理现实斗争，发展下来，自然即形成一种特别顽固又极端随和的矛盾性。长处和弱点又都同属于这种性格，反映到二十年工作中。正如一个共同相处二十年的熟人批评："性格中实综合坚强和脆弱，骄傲和谦虚，大怀和小气，成熟和天真而为一。情感深厚而理智拙劣，对实际权势淡泊，却富有知识上学习的虚荣心。理解人事相当深细，可极端缺少自知。想象十分放纵，举措取予又过于拘泥。"这种批评不一定完全对，但至少是一个熟习我的人一种客观的印象。全部工作或思想发展，都像受压抑生命和外在现实不断冲突，一种求平衡谋补偿的过程。在生活上既永远是受失败挫折，用微笑或沉默来接受来忍受，因此从小就一面幻念滋长，一面对自然景物有深刻理解和爱好。四时变化影响到草木虫鱼繁殖和衰谢，在我未明白人生哲学以前，未读诗歌和各种文学或自然科学书籍以前，就早教育了我，让我明白万有生命的彼此相关性、依存性和发展性。到把自然和历史知识积累较多后，对于面前的存在，因之就更感到一种和谐的亲切。且认为"使人乐生而各遂其生"的人类社会理想，是必然可以因时间条件地点不同，各以不同努力而异途同归来达到目的。这种人类大同的愿望，既是一致的，是生长而非灭毁，即必然可以从战争以外来用各种方式得到它，文学和艺术对于这个问题的推进，实有个庄严责任。"五四"即明确的提出了一个原则："工具重造，工具重用。"为的是属于自然科学的知识和社会科学的知识，如只能从矛盾中进行流血斗争时，文学艺术应为唯一能推进人类和平的工具。我的生存恰当这么一个时代，生活又恰如从奴隶社会到达现代社会。眼看到象征封建的极端落后区域用屠杀支持传统，农村的素朴安静变为一片荒墟，善良人民也大半转而成为呆呆木木……又看到大都市代表封建的旧京，大军阀杀来杀去，如鲁迅所咏"城头变换大王旗”，和代表烂熟商业资本的上海，人民血汗变成的金钱，象征了最大的权威和道德，这种权威的占有者和南京的政治结合后，更如何堕落了一个上层社会，把它逐渐分解，成为一堆烂瓦破砖。我的生活和工作全程，又贯串了由“五四”到解放文学运动中小说一个部门。由于同在并存而亲切，由于相争相左而悲悯。且因之即形成一种极原始的朦胧的宗教意识，一切作贱屈辱将一律报之以无私友爱。缺少和人争权利得失的斗争性，却完成了另一种管理自己到完成工作任务上的律己性。幻想和情感结合，且竟十分自信，如涂抹颜色学习绘画，或排比音符去作曲，可以比较使用文字多些自由的去运用色彩或音符，一定能够更从容充分将个人生命中一些长处，融会到四时交替景象里，处理田园性题材，多方面的把握问题。绘画上的写景和音乐中的抒情，虽需要特别强烈的情感，在一种新的批评尺度下，不可免也还有个阶级意识限制，却容许在较宽范围里做不同解释，因之《田园交响乐》即和《茵梦湖》、《维特烦恼》一类小说不同，并不因题材对象限制，属于历史过去而容易失去意义。它的独一性即因之而具延续性。不凑巧我理解的是自然，即一切人事，也照例在有自然背景中作种种发展。我能操纵的却只是一支骨杆笔，和几个单词复语，来从事写作，用绘风景画和作曲情感写人写事。

工作的第一期，恰是文学创作运动中，由鲁迅创始的"乡土回复"问题成为共通题材时，我因此占了些便宜，得到工作成果的鼓励，用笔也就比较正常得体。第二期问题却是社会大革命的普遍斗争，社会分解日益剧烈，农村崩溃，国内到处是血和火，我的性格中的脆弱，以及对工作中的自由主义态度，用笔因之离了群。试用到古典小说的传奇组织方面去，因之这部分长处发展下去，生活到某一时越孤寂，越转入唯心的苦闷和玄思，这方面即自然把握不到本质。虽因手中笔较能作多方面试验，学习态度和工作态度，都因谨严到拘迂程度，尽管生活和社会斗争已稍游离，可是为教书，为用笔为同学示范举例，还能有一部分反映社会分解面。即对于都市的堕落和诅咒，笔还有力，还会用。不过限于生活，接触面已狭窄。且同时笔已起始有一部分转入浮泛，幽僻，华靡，淫巧。换言之，笔一离开土地和人民，自然即慢慢失去了应有的健康性。这个发展是有个条件基因的。可是世界却正是新和旧斗争极剧烈，对于文学作品课题，越来越要求明确而具体，要从一个群的挣扎愿望上特别加强，不容许离开"人"的眼前活鲜鲜问题，去描写静的自然，以及用对自然观照法写社会存在。时代是前后经过两次大战，有数千万人死亡，来争取一个新原则时代。是人人要从文字中搜寻诅咒和讴歌，明确信仰和单纯人生观，面对进步或落后，正义和邪僻，是和非，得有所启发，有所表示，有所遵循皈依的时代。我手中的笔，用到小说方面，则越用越和现实隔离，而转成一种纯粹情绪观念的排列玩赏，早形成一种病的存在。即永远在修正错误中摸索而前，还是无从把握大处。写散文杂论，又用的是同一方式，受文体的发展限制，越写越晦涩，抽象。一直到意思如此如彼，读者从无相似印象。这么下去当然不免误人兼误己。误人犹不会太多，因为至多看不懂，搁下不看。误己则恰像是资本主义国家的机器，本来是由人制造它，控制它，生产必需品，到后机器日精，奢侈品的生产倒支配了人；到我搁了笔，再不能明朗健康的处理文字，反而受过去一时那一堆作品所形成的惰性空气控制时，社会发展变革已排列在目前，我却孑然孤立的存在。外感和内蕴相汇合，加上一个对现实政治的极端无知，我于是为个人预言所中，在理性僵固情感混乱中倒下了。

对现实政治的无知，试加分析，也可说实在是对于现实政治的逃避。因为"政治"二字给我的印象，是从三十年前即起始的。向来就只代表"权力"，和由士大夫的幕僚或教书人的智囊人事知识结合，又即成为"政术"。一部《战国策》和民国以来军阀割据，议会勾结，在心理上历来即取个否定态度，只认为"政治"二字对个人言，是个倾轧异己满足自我的法定名词。对团体言，则是压迫异己而膨胀自我的法定名词。从民二到民十六北伐，前一段军阀争夺割据，一个上层组织，永远是维持到一种由半封建半殖民地分化下来的军阀豪绅兼买办政治，此兴彼替，变而不变。即以北京一地而言，从民十二起，军来出城兼进城，我就看了许多次。等于羊屠户改牛屠户，杀来杀去，被鱼肉的还是真正善良人民。

尽管大学校里的政治系专家名流谈政治学上说"政治高于一切"，但政治现实可完全是另一回事。有权而无知的统治，实看不出特别高处何在。大革命来时，又由于社会条件不成熟，随即是大牺牲，全国性的大流血，更增加我对流血可以处理中国问题的怀疑。一切社会分解因斗争而加剧烈，我的性格上本质上的脆弱和懦怯，以及对于中国历史的片面认识、现实社会的片面认识——更重要的是，安于从书房中一个小小窗口看社会的习惯，更把这个上层统治看成一个巨瘤毒痈，总以为无可救药，只有听其腐烂。而一种新机，只有指望在下一代年青生命中产生。空想的民主和自由，以为是可以从社会上各部门专家抬头，而代替了政客官僚军阀，知识能代替武力和武器，应用到处理国内问题上时，就可以达到的。目前一切既有个历史负担，也就得在一份较长时间中求转机，急躁不来。我就那么对政治无知，而把工作寄托到学习试验意义上支持了下来。后十多年，眼看四大家族连锁政治专政，若干小饭团合成一个大饭团。抗战八年，人民牺牲了千万，却只作成这个饭团在接收时发财机会，成为中国统治上层。我一部分工作和全部工作态度，是和这个统治现实取个否定方式下来的。这种政治现实要不得，但说及如何改造现实时，我还是在一种盲目空想的估计中，以为得在流血以外方式找寻出路。总认为国家历史负担过重，卸去它得要时间。唯和平方能谈改造。抗战八年，人民实在过于疲累，要生养休息。即国内武力矛盾对峙，也唯有和平可以解决。如把文学艺术作工具进行广泛的教育，形成多数人对于国家进步一种新态度，新观念，由于政见政策的歧异，从战场转入议场的和平团结，为势所必然。

既知道现实政治不可望，却不知道另外一种理想政治，一个领导组织，用三十年流血教训，和苏联革命成功的经验，动员了万千人民，与一个腐败现实政治长期的斗争，如何复杂和庄严，以及比任何艺术更艺术处。也期望工作能配合一种进步的努力，却照例还是受个人气质束缚得紧紧的，在无知的孤立中存在。对土改，对文学从属于政治，对文运活动的政治效果，我都感到怀疑，说过些毫不切合实际的空话。特别对于现代政治中的强大武力和宗教情绪结合，所形成的发展或趋势，我认为是和这个国家所需要的民主理想，实容易背道而驰。任何一种政治基础，若是建立于这种庞大武力上，我认为都容易转为军事独裁，只对少数人有利，和民主自由原则将日益离远的。因此还幻想过，在和平局势中，不是什么两大对峙或一面独占，国家还应当有许多以分业为单位的组织，在一种不同方式共同原则下，为国家争技术贡献而不争权势获得。且认为这是国家民主和进步的真正象征。由幻想故事到幻想政治，可说是逃避现实的无限扩大。这种罗亭式的空想空论，和现实接触后的破灭，说明了一件事，即对政治为完全无知。我应分完全沉默，作一个小学生，凡事老老实实从新学起。凡事从基本来理解，来认识。

学习了一年，从小以观大，方上完第一课，"政治无所不在"。

# 曲折十七年

这个图录的完成到付印，和读者见面，实经过许多曲折过程，前后拖延到十七年之久，才终于得到实现的。工作的进行，实和中国历史博物馆的各部门支持分不开，工作初步完成，财经出版社方面有一定贡献。工作的最后完成，实完全得力于社会科学院领导为准备人力物力的结果。若没有这些无私的赞助，这本书不可能产生的。

从一九四九年起始，我就在中国历史博物馆，专搞杂文物研究。照规矩，经常性工作，除文物收集、鉴定，并参与部分陈列外，兼为馆中解决绘制历史人物画塑时，提供些相关材料，给美术工作者以便利。还必须面对群众，在陈列室中，不折不扣作了十年说明员。且尽力所能及，为外单位"科研"、"生产"和"教学"打打杂，服点务。虽感觉到能力薄，责任重，工作复杂繁琐而艰巨，但是若能把工作做好，却十分有意义。因为谈"为人民服务"或"古为今用"，若限于口上和纸上，是无多意义的。必须落实到具体工作行为中，才能证明得失，并慢慢得到修正机会。我深深相信，凡事从实践出发，去坚持个十年二十年学习，总会由常识积累，取得业务上应有进展的。事实上也正是这样，我对于文物各部门点滴知识，一切都由常识作为基础而取得的。

近三十年新出土文物以千万计，且逐日还在不断增加，为中国物质文化史的研究，提供了无比丰富扎实有用资料。一个文物工作者如善于学习，博闻约取，会通运用，显明会把文物研究中的大量空白点，一一加以填补，能取得崭新纪录的。

我就从这点信念和理解出发，和前半世纪从事文学写作情形一样，不声不响，在大多数熟人难于理解情况下，守住本职，整整过了三十年。尽管前十年条件比较便利，文物各部门，大都有机会过手经眼十万八万件，只是文史底子薄弱，任何一方面，可始终都难达到深入专精程度。即对于比较熟习的绫罗锦绣而言，接触虽极多，所知究竟有限。发表过的材料，也只零星点滴，无从集中精力，更有系统的来好好作一番介绍，实在是一大憾事。

至于本书由我来做试点进行，似偶然也并不全是偶然。一九六四年春夏间，由于周总理和几个主持文化部门的人谈天，说及每次出国，经常会被邀请看看那个国家服装博物馆，因为可代表这一个国家民族文化发展和工艺水平。一般所见，多是由中古到十七八世纪材料。我国历史文化那么久，新旧材料那么多，是不是也可编些这类图书，今后出国时，作为文化性礼品送送人？当时文化部副部长齐燕铭先生，恰在总理身边，因推荐由我来做，或许还像个样子，得到总理认可。所以历博龙潜馆长全力支持，特别为从美工组商调李之檀、陈大章、范曾三同事参加。工作方法由我为提供图像和实物资料，按时代排定先后秩序，分别加以摹绘。我并就每一图试用不同方式，不同体例，适当引申文献，进行些综合分析比证工作，各写出千百字说明。正因为当做试点性工作而着手，总的要求是希望能给读者对于中国人民古代衣着发展变迁，有个比较明确总印象。这种创始开端工作，即或做得不够完美，也不妨事。好在材料多，问题杂，我的方法不对头，还值得有许多真正专家学人，从另一不同角度做新的试探。

财经出版社原担负出版任务，主持人当时也极热心，特别是制版排印部门一些老师傅，对工作细心认真处，都给我以深刻印象。工作进展格外迅速，由一九六四年初夏开始，前后不到八个月时间，本书主图二百幅，附图约百种，及说明文字二十余万，样稿就已基本完成。经过我重作校核删补后，本可望于一九六四年冬出版。由于政治大动荡已见出先兆，一切出版物的价值意义，都得重新考虑，自然便拖延下来了。

"文化大革命"开始后，这份待印图稿，并不经过什么人就本书内容做具体分析，就被认为是鼓吹"帝王将相"，提倡"才子佳人"的黑书毒草。凡是曾经赞同过这本书编写的部、局、馆中主要负责人，都不免受到不同程度的冲击。我本人自然更难于幸免。在对本书支持过的部、局、馆几个主要负责人三次分别批斗中，我也沉默无言，陪斗过三次。本人虽不久即得到"解放"，却和全国百十万老年知识分子命运大体相同，接受延长十年的特殊"教育"，真应了一句老话："在劫难逃。"所有个人进行研究工作的图书资料，既在无可奈何情况下，一律当作废纸处理完事，使得我任何工作都无从继续进行。到六九年末，且被胁迫限定时日，疏散下放到湖北咸宁五七干校。到达指定目的地时，才知道"榜上无名"，连个食宿处也无从安排。于岁暮严冬雨雪霏微中，进退失据，只能蹲在毫无遮蔽的空坪中，折腾了约四个小时，等待发落。逼近黄昏，才用"既来则安"为理由，得到特许，搭最后那辆运行李卡车，去到二十五里外，借住属于故宫博物院一个暂时空着的宿舍中，解决了食宿问题。因为人已年近七十，心脏病早严重到随时可出问题程度，雨雪中山路极滑，看牛放羊都无资格，就让我带个小小板凳，去后山坡看守菜园，专职是驱赶前村趁隙来偷菜吃的大小猪。手脚冻得发木时，就到附近工具棚干草堆上躺一会会，活活血脉，避避风寒。夜里吃过饭后，就和同住的三个老工人，在一个煤油灯黄黯黯光影下轮流读报，明白全国"形势大好"。使我觉得最有意思，还是熟习宋瓷的老姚，先来半年，已成了一个捕蛇专家。房中各处都是长达二米的蛇皮，且有意把它作成种种生活姿态，沿墙附壁，十分生动。

另一收集文物字画老贾，却利用湖边路坎细小竹枝，编成许多箩篮筐匣，精美程度，都超过市场上宾馆中展出的工艺品甚多。对我说来，倒真像是六十年前老军务回营归队，丝毫不感到什么委屈生疏，反而学习了不少新知识。我明白，这是在国内正在进行的一种离奇"教育"。有百十万学有专长的高级知识分子，各在相似或更困难情形下，享受这种特别待遇，度过每一天。内中既还有参加长征老革命，也还有各部副部长，或什么委员，以及各种雄心勃勃姚登山式"革命闯将"，和前不多久尚在天安门上雄赳赳的"革命英雄"，一过了时，就"一锅端"共同来到这地方受新的"教育"。想起这正是"亚细亚式"迫害狂历史传统模式的重演，进一步理解《阮籍传》中"有忧生之嗟"含意，个人倒反而更十分渺小，觉得"浑浑噩噩随遇而安"为合理省事了。来到这地方生产劳动，名为"改造"，改造什么？向军管领导询问，也说不明白。一面学习"老三篇"，不少人还能开口背诵如流。但问及内中有一条说到"老弱病残不下放"是什么意思时，我这年近七十，血压经常已二百过头的老病号，学习班长既兼作医生，且明白是由于"心脏动脉粥样硬化"而起，却相当幽默的回答我："既来之，则安之，不妨事。"……如此这般过了一个新年。

有一天，下午正在菜秧地值班，忽然有个人来通知我，限二小时内迁移住处，到五十里外双溪区后，另作安排。我匆匆忙忙赶回宿舍去，看到一辆卡车停在附近，我那些搁在屋檐下的未解开的家具行李，和放在卧室内长炕上的被盖杂物，全已上了车。只等待我一到就得开动。当时我的老伴还在相隔五里地大湖边劳动，原属挖砂连，我想亲自赶去通知一声，时间有限已来不及。幸亏得故宫一老贾，自告奋勇忙匆匆地赶过红崖口报信，待家中人随同老贾赶来时，说不到十句话，只告知去处名叫双溪，离这五十里多点点，就催我快上，若再晚些，怕天黑赶到区上搬行李不方便。

车开动后，相熟司机才告给我："到了双溪，还得赶回城里，接送故宫从嘉鱼运砖归队的唐兰等返回。来去得走百多里路。烂泥路滑得很，上次翻车即伤了五个人，这责任我哪里能担负得下！"因此一到了双溪区公所门前，几个人把我同行三家六口人行李匆匆搬下，放在门堂角，车就掉头开走了。

在车中我想到古代充军似乎比较从容，以苏东坡谪海南，还能在赣州和当时阳孝本游八境台，饮酒赋诗。后移黄州，也能邀来客两次游赤壁，写成著名于世前后《赤壁赋》，和大江东去的浪淘沙曲子。

到了双溪，和前一次离京相同，说是住处业已安排好，凡事放心，不会为难！到了这里才明白又是空话。采煤区连上区公所，都无个住处。末后又用"既来则安"一句老话解脱，同行三家只好把未开封的行李箱柜放在门堂角落，一同爬上十八级极陡的木梯，在区公所门楼上稻草堆中摊开被盖行李，扎营下寨，住了下来。每天到附近采煤连大厨房吃三顿大锅饭，白天还可依赖小窗口微明看看书，晚上担心煤油灯小不经意出事故，不许点灯照明，一会会也就睡着了。近月来折腾得够累人，所以躺下不久，就天已发亮。

可是过半月后，又被转移到约一里远一个孤立空空小学校空教室里去，说是和区里医院邻近，看病取药方便。事实上公路对过下边一点，还有个分配棺材机关，万一突然死去，领个棺木倒也方便。

我在湖北前后两年中，迁移过六次，以这个地方住得最久，约占一年时间，留下印象最深刻。因为过了春夏秋冬四季，对于大地自然风光极其熟习。为我近三十年留下印象特别深刻的地方。住处在一个丘陵地长冈高处。四周全是马尾松林，下视区中还不到一百户人家，却管领着约五万亩水田，平田尽头名象鼻滩，远近还留下些大小村落，部分村落还剩下些过百年古树，有的就只剩下些石头堆砌大宅院，都各有专名，半已废毁，一半还为生产队所占有。又有的已在旁边起了红色砖瓦新屋。我住处是当地一个小学校，三列平屋除了两个空空大讲堂，还有几列大间堆集木料，院中大坪堆了大量红砖，显然是在进行建筑未完工前，即因闹"文化革命"而停顿的。

我和区中各种人物都十分相熟友好。中西医生，邮局办事员一对小夫妇，当地唯一的小小理发馆，桥头边唯一不参加合作化的老修鞋匠兼染匠，小小百货商店的公私合营后管理员，区里专管附近田地生产队的区干部，到不多久，都成了熟人。还有管厨的大师傅和二师傅，和专管食品公司的一个退伍军人经理，小小搬运公司的几个工人，都各以业务原因和我相熟，关系都十分好。当时正是照政策办事"好药必下乡"实行时期，我由北京寄去的专用药品不够用时，医院中总为想办法接济。邮局办事处虽小，却可看到《参考消息》和别的两份报章杂志，国内外大事件总还可以知道点滴正反两面情况。理发馆还保持一点古风，一切按规矩办事，刮脸必三次，直到一再告饶，才让步减免一次。末后还要扭扭手膀，活动活动筋骨，走过场式捶捶背。这都是大城市早已失传的规则，待诏师傅执行职业时可毫不苟且。至于那个区干部也是退伍军人，每天必早起晚睡，主持一个模范生产队，轮流去各家吃"派饭"，带队伍下田，或集中于田坪中开会报告时事。晚上诸事完毕还得写黑板，摘抄些语录、时评，有时还自己写三五百字报道小说，主要原是本区属于湖北高产区，每年除上交粮食外，还有两万头肥猪，二十万斤鸡鸭蛋上缴任务。生产队属于区中直辖，各县经常有人来参观学习，重点虽在对溪另一个点，直辖队当然也不能太马虎。所以蹲点干部格外辛苦。每次到我住处休息时，疲累得很，脸色憔悴。

让他喝点糖水，先还推让不肯吃，怕犯规，不得已才一口吞下。作的小说文章如照省报要求，一切照中心任务格式写，即可刊载，照实在情形写，即不合用，有时退回还加上几句批评，因此提不高。我后来是在区中大厨搭伙的，照例吃得较好，常有活鱼吃，价格不一。掌厨老师傅总以为年到七十岁老头，不吃得好一点没有道理，常有意派到我碗里多一点，也不过多出一毛半钱就够了。至于食品公司那个经理，在军队中是个连长，人长得极挺拔，受过中等教育，相熟以后，因为对我有照顾指示，在小街上见到时，总要我去领优待券。一月二斤鸭蛋我就吃不了！人事方面尽管十分融洽，可唯一不相熟的，是分配棺材那个小楼房，有点天然排斥因子。我即或血压最高时有二百五十，还只想尽我做公民的责任，从不担心会忽然间死去。至于他们那边虽然还搁下些好材料，大致不会分配到我头上，因此那些办事的每天都有机会见我蹒跚走下雨雪泥泞的斜坡，去区里取饭两次，可从不打个招呼。平时取水，也必须到区公所前面一点小溪中去提。有时水被糟房弄得污浊，还得去更远处一个水泥作成的高水柜里去取水，就更费事担心，因为得爬上六级高台阶，台阶上满是青苔，不小心会摔到水塘中去。

　　我于一九七一年夏天，又由湖北咸宁双溪转送湖北丹江市一个采石区荒山沟去住。名为"休养区"，事实上全是文化部门老病号。离丹江大水坝约五里远近。住处计两列红瓦房子，我们住的是靠山边的一列。一出门，看到的总是手拄拐杖行动蹒跚的老朋友，和一个伤兵医院差不多。这些人日常还参加种菜、种树、搬石头任务。虽有个大厨房供应主食，副食品却不够用，各自得趁晴天上市区去采办，拿回来用自制煤油炉加工。路虽不多远，初来总易迷失方向，问人时，照例指示"向那个有白色烟筒走去不会错"。原来我们离市中那个火葬场隔不多远，快到火葬场，迈过一个小山坡就可见到住处了；《静静的顿河》译者金人先生，就是我和家中人到达后第二天故去的。当时袁牧之、冯雪峰、滑田友诸先生都住在山坡靠溪那列房子里。我平时已不大便于行动，间或拄个拐杖看病取药，总常常见雪峰独自在附近菜地里浇粪，满头白发，如汉代砖刻中老农一样。

　　在两年多时间内，住处先后迁移六次。我手边既无书籍又无其他资料，只能就记忆所及，把服饰图稿中疏忽遗漏或多余处，一一用签条记下来，准备日后有机会时补改。

我是一九七二年回到北京旧居。住处前后曾经两家同事看中，且短期住下过，除原有行李外，还加了个床铺。人固然回来了，那个床铺却未迁出。商量也无结果。因为报纸有落实政策文章，最后只有代为抬出到院子中。我那个临行时被人扣下的一个大书案和书架，才物归原主。照政策，住处理应得到调整：或恢复原来住处，或改善个适合工作的新居。为省事计，我只希望能照前一方式办理。占有者却说当时是受上面指使搬来，本不出于个人意思。人既回来了，我只想争取时间做点事，主要是重新买点应用工具书要紧。当时琉璃厂古籍门市部、内部供应处及灯市口那个旧书店，还有不少图书可听人选择，又得馆中为开了个特别介绍信，所以不到一个星期，就买了不少旧图旧书，把一个小房填得满满的。且在去武英殿参观对外一次文物展中，经一同事相告，原编那个图册，又经过馆中懂业务几个人重看过，转告我都认为值得印行。另一同事且告我，目下印刷部门还空着，且有纸张，不如趁机会即早付印，再迟下去，恐就来不及了。我才把稿件从馆里取出，重新校核，约一月后送还馆中。料想不到，从此以后即渺无消息，一再亲自并托人询问主管方面这书的下落，都得到个"相应不理"的结果。我依稀理会到，其中必还有什么和本书相联系的问题，不可能深入求理解。我高血压既时好时坏，报废是迟早间事。作为一个合格公民设想，出门赶车虽已日益感到困难，只好把我下放双溪、丹江将近二年的极端寂寞生活中，凭回忆写下的十多个以图像为主小专题草稿，重新核对补充一下，想办法为一一分别排出个秩序来，并查明出处，花点钱，想办法找人帮忙赶画出来。照我主观设想，这份图稿目前即或毫无用场，今后对于年青一代搞文物同行，总还有点用处。为了工作便利，我拆散许多较贵的图录，尽可能把它分门别类钉贴到四壁上去，还另外在小卧房中，纵横牵了五条细铁线，把拟作的图像，分别夹挂到上面。不多久，幸好得到两位同好的无私热心帮助，为把需要放大到一定尺寸的图像，照我意见为一一绘出，不到两个月，房中墙上就几几乎全被一些奇奇怪怪图像占据了。一个领导业务的副馆长到我处见到这种情况时，就作成充满好意、充满感情，对我十分诚恳的样子，说是为我好，劝我"最好还是退休"。我没有领会他那片好意，因为急于"开会"，就走了。他开了二十年的会，事实上，什么是"业务"，业务如何才提得高，却不大明白，更不明白我为什么留到这单位三十年还不退休的原因，只有笑笑听他继续去开会。因为我一认真和他谈"业务"，对他即起催眠作用，即刻打了哈欠，说是忙着开会，便走了。另一时，又有个次一级抓业务的，见我房中灯光整夜不息情况，又劝我用不着这么干了，这有什么意思？保重身体重要！我依然用微笑作回答。这一位是很懂养身之道的，家庭生活过得很圆满，对人也很热情，而且什么都懂，只是却不大可能懂得我这七十三四岁的人，还不顾自己，拼命做事，究竟是为什么原因。

我老伴工作上级动员，说是为照顾我身体，让她退休回来了。给个住处，尽她在离我住处约两站路的另一处小房间里住下，便于锻炼我身体，每天走去吃一顿带一顿，这样经过了约三年半时间。这是人民文学编辑部的办公室，主要北房三大间，却早为文化部一个什么干部处长，代为一个未婚女儿占定了，老伴的住处约等于那个人家六分之一左右。当时大家看来，都似乎很自然。我当然不能说什么，却也增长了一份见闻，即这种中层干部的水平，对国家有什么好处。从面相看来，这一位大人即或已"靠边站"，也只是暂时间事。因为对自己子女打算如此细心周到，精明能干，不久肯定还会"禄位高升"的。

经过唐山大地震之后，家中人对我独住原处不放心，我才寄住老伴那个小房间里来。不久又经过中央人事上的大地震两次。由于房中过窄，住处有个面板作成的小条几，天一亮我就把这份家具搬出到院子中，坐在从双溪带回的小竹凳子上，把我那份工作，照老办法一页一页翻看下去。直到阳光逼近身边时，再逐步退让到檐下。约十点半左右，檐下已呆不住时，即退到廊子下去。如此这般又过了一年。

"四人帮"垮台前几年，就听人说过，稿已送到文物出版社，没有说明文字，将作为馆中加三个绘图人名义付印。局中明白这书产生的过程，且觉得若仅是黑白图，不用说明，恐没有多大意义，搁下不印。后闻又转到人美，得到同样结论。有人把这事告我时，我却认为用不用我名无多大关系。因为这书的编写，并不是为个人出名而作，即或加上我的说明，不让我参与其事，有人乐于负责，我也不觉得难受。正如我三十年搞文学习作一样，三十年努力，全部付之一炬，我还从未说过什么话，凡事听其自然。

直到一九七八年，由刘仰峤先生把我工作调过社会科学院历史所后，齐燕铭先生在政协某次座谈会上，还问到这书是否已付印问题，某出版社才把那份图稿送还，并催促我争取时间，赶即改补妥当，便于向日本商讨付印合同，定时出版。且在编辑方面加上我过去工作中从未见过面的一位陌生人。过不多久，则更离奇，几几乎所有工艺美院院长、副院长、主任、教师姓名也一律加上，这作风使人感到不大可解。我不相信这件事是从未参加过这份具体工作的那些教师所乐意承认的。因为这不是实事求是的工作态度，只近于和日商打交道时，夸大不实的一种虚伪宣传。并且在催促我们重改原稿时，只求早日交卷，却从不考虑到工作条件和种种费用。

代为安排于西郊宾馆的专用房间，往返交通工具的应用，全得几个得力助手的商借，社会科学院刘仰峤秘书长的鼓励支持协助，一切费用由社会科学院开支，工作才能进行，才能完成。而原某出版负责方面，大部分时间都在南方写电影剧本，很少见面机会。在香港方面宣传，却说她自己始终全面抓这一工作。且不经我们三人工作小组同意，就把人美曹洁同志为设计的封面，更改成和服装无关，且换一画得极草率的金银错车器图案代替，送去德国作预展。只图一时效果，作夸侈不实宣传，反失去学术应有实事求是严谨意义，即使如此努力费心，仍不易取得应有效果。这本来不过是一本常识性参考图书，言过其实，便成废话。与日商谈判真正过程，也并未认真相告。我才和社会科学院梅益副院长商量，将稿取回交由商务付印。

# 我到北京怎么生活怎么学习 <sup>①</sup>

我到北京以前，在湘西沅水流域各县，漂流转徙过了大几年不易想象的困难辛苦生活，努力挣扎才离开了这个地方，带着对于这个地方统治阶级贪污腐败给我的种种痛苦怕人人事印象，和人民勤俭朴厚好印象，来到一切陌生的百万人大都市里，孤零零的谋生活、求知识，新的困难情形是可想而知的。首先面临的问题，就是如何可以活下去。问题十分现实。因为每天总得有一点什么吃的填到胃中去，才能支持。到处去找职业，都没有结果。原来报纸上宣传的"半工半读"制已过了时，到报馆去询问就没有回答。只笑笑，意思是："你这个乡下人，怎么就信以为真，远远跑来冒险？"想卖报，也受报贩限制，各有行帮，不易加入。想到鞋店做学徒，

---

无中无保也无从收留。……当时还有些职业补习学校，都近于骗人性质，也得缴一笔讲义费和学费，我哪来这一笔钱？任何职业的大门，都像是对我这个真正乡下人关得紧紧的。

现实社会摆在面前，是直、奉军阀轮流当权，大小内战不断发生，帝国主义者侵略加深。由于各有帝国主义者做靠山，各有军火供应，大帅少帅只知拥兵自重，鱼肉人民。农村破产日益严重，市面百业萧条，到处是乞丐。大学校里经常欠薪到二三年，无人过问。大学生毕业即失业，求做家庭教师的广告栏日有增加。各个国家机关，都在那里拍卖或抵押管辖范围内的产权，作为逢年过节发薪二三成的唯一来源，政府也不过问。因为政府本身也是朝不保夕，得过且过！这就是军阀时代的北京。直、奉、皖当权时情形都差不多。

幸得东西城大学区附近，当时都有许多"公寓"，成了我和我差不多情形下千万穷学生及失业青年的大救星。因为北京越来越穷，空房子多，就有人把这些空房子承租下来，把大小不同的院落，分隔成许多小房间，分租给学生。北大历来有个自由听课的传统，因此附近公寓就住满了这种穷学生，靠同乡、同学彼此支援接济，把日子混下去。一切都用赊账制度，租房、包伙食、订报、买煤球，无一不用到。我们欠公寓的账，公寓又欠煤铺、小菜铺、粮食店的账。习惯大致还是从清代科举时和入京候差小京官沿袭下来的，入民国后有了发展，特别是北大附近北河沿、沙滩、中老胡同、银闸、蜡库一带，几几乎全是这种公寓。有时不开饭就饿一两顿，不升炉子就让它冷一些，或到学校阅览室去取暖。一切成为习惯后，也就看得十分自然！我能够活下来，就靠这个习惯。当时五四文学运动已进入低潮期，一群打倒孔家店的学生，多已得到各种公费出国或搞文史研究转入各大学教书。报纸不敢乱说话。副刊表面上学术性加强，如谈什么人生观，而战斗性却日低。副刊中文学作品，也失去了对广大读者的鼓舞兴奋作用。并且为少数集团把持着，如《小说月报》被文学研究会把持，《晨报副刊》和《觉悟》、《学灯》都为少数人所把持。创作方面弄得恹恹无生气，理论方面也缺少新的东西。新书出版也不多。任何有名作家都不能依靠写作过独立生活。

新的转机是后来《京报副刊》和《语丝》的发刊，鲁迅先生的大量有战斗性的杂文出现于这时期。

　　我当时的语体文程度，标点符号的运用还弄不清楚。古文底子倒是有一点，能看各种旧书，可是离开家乡原是对旧生活一种反叛，所以即或生活毫无出路，手边除了一部《史记》，还是下决心不读其他旧书，不打量走回头路。我深深相信，新文学可以作为武器，用来动摇旧社会的基础，新文学作品必然将代替旧有的一切诗词歌赋和礼拜六派的各种玩意儿。一定得坚持下去。到北大旁听也是这个态度。创作知识的来源，除了生活底子外，不外上海和北京几种杂志和报刊上文章，和商务、中华一些翻译小说。新俄小说和欧洲几个小国家小说，正起始由鲁迅先生等介绍给读者，部分是王鲁彦等从世界语译的。凡是能到手的，我总看个够。影响较大还是旧俄十九世纪一些作家和法国作家的作品。其中屠格涅夫的《猎人日记》和契诃夫的短篇，都德和福洛贝尔的小说，对我影响显然都比较大。国内作家则鲁迅先生写的乡村回忆故事正流行，我明白，由于生活实践，从这方面发展，我必然容易得到进展，我可写的事还多。因此现实生活虽过得十分狼狈，一脑子幻想，却支持了我，总以为只要能活下去，努力下去，明天会有个转机。并深深相信得战胜面临一切困难，包括生活上和知识上的困难。我估计到的是，解决生活还比较容易，因为有一口饭吃就够了；解决知识上的困难，却还得通过艰巨的和长时期的努力。因为底子太差而理想却远大。当时流行的孙俍工的《小说作法》一类书籍，我看来实在毫无意义。总想突破前人纪录取得崭新成就，必需通过自己摸索出一条途径走个二三十年看看，是否能够真正有所突破。初初发表的习作，只是一些零碎小品文，没有什么方向，也说不上思想性。只近于编者偶然填篇幅用上的：第一回在《晨报副刊》发表的小文，共得七毛多钱，约合五毛钱一千字，却使我十分兴奋，因为证明这方面有了生活出路。事实上是白日做梦，大部分投稿还是如石沉大海。因此好些回在前门大街或打磨厂、天桥一带，我都跟过一个不知名的什么部队招兵委员拿着那面小小白旗后边走了一阵，心中旋起一种十分悲痛复杂的感情，又终于下决心离开了。没有被诱骗成为直、奉军阀的炮灰，只是始终不忘记来到北京的原因，是受五四运动文学革命影响离开军队的。

在生活上经常空着肚子情形下，对自己进行的思想斗争，心情是相当沉重的。但是再困难也并没有把我难倒，我还是坚持下来了。

似在一九二四年左右，《晨报副刊》编辑孙伏园，因刊载鲁迅先生的讽刺诗，和报馆意见不合，改任《京报副刊》编辑。《晨报副刊》换了人，先后由徐志摩、瞿世英负责。原来一批作家都不再写文章，每天主要篇幅虽还有什么罗素等讲演刊载，空出几千字的篇幅却等待新作品填补。在这个机会上，我的初期写作的散文和小说，才正式到副刊上登载。照当时习惯，每到月底还把副刊装成合订单行本分销国内，数量虽不过二三千册，分布范围却相当广。我因此成了第一批"职业作家"，每月有了一二十元收入。过不久，《语丝》、《现代评论》、《新月》都用了我的小说。在大革命前夕，我就在北新和新月各印了一个集子，北新的名《鸭子》，新月的叫《蜜柑》。除努力掌握文字，接近口语，内容是幼稚的，轻飘飘的，思想性不高，艺术性也少特征。但是已反映出一点问题，就是题材涉及方面比较广泛。只是一种试笔性质的作品，各印了千把册，由于时代变化太大，很快就被读者忘记了。具体内容我已记不清楚，因为相隔了四十年，手边也没留下样本。

几个大学里，如农大、中法、清华、北大、燕京，同乡熟人从事革命的甚多，也有同住公寓的，我也经常和他们一道上街游行散传单，却缺少对于政治上应有认识。熟人中有无政府主义者，有极左派，也有西山会议派，我什么也不参加。还有许多文学团体，如"未名"、"莽原"、"浅草"……我也不参加。其时社会在变化中动荡激烈，凡是有点政治头脑的，多向广东跑去，参加了大革命。我却缺少这种热情。只想守住原来那点信念，希望能有机会好好使用手中这支笔，在一个较长时期中去磨炼，使它慢慢成熟，可以作为动摇旧社会基础的武器。总以为文学作品的完成，得通过个人的笔，是历史上古今中外无例外事情。它是一种宣传新思想的武器，但和一般政治宣传品究竟不大相同。也不必相同。它的存在得耐久一些，它的产生也困难一些。

我可以说是有创作理想却少政治常识。对政治认识，以为当时在北京那些国会议员，终日在俱乐部花天酒地，或在议会里吵架，就算是政治上成功的人物。至于广东方面的情况，知道的却不多，事实上可说全无所知。还有个客观原因，即我母亲和一个妹妹也到了北京，得靠我生活。因此留在北京不动，以"自由主义者"自居。和英美派的自由主义也少共同点，只可说是一种土生的、顽固的"个人主义"性质的。事实上就是对旧社会虽极其厌恶，对新的人民革命却极端无知。却依旧迷信五四文学革命提出的那个过了时的原则，以为希望用文学作为动摇旧社会的基础，必需用更新的作品代替旧有的一切，只有用自由竞赛方式，自然淘汰方式，才可望得到健康正常的发展。若用社团活动方式，根据"五四"以来的经验，极容易形成少数几个强有力的人的市场独占，有独特性格和独特见解的以及无所依傍的就不易抬头。这也是当时一种事实。文学社团之多，就反映这个独占趋势是存在的，不服人心的。到后来几个报纸主编，邵飘萍和林白水，因为写文章触及军阀忌讳，前后被枪毙后，大学里的英美派也感到一种压力，不能在北京居住了。在北京的几个新书店和刊物，随时有被查封的可能，也陆续迁移到上海租界上去了。每天都听说公寓里有学生被搜查，被捕事情发生。我虽有家属，不怕检查，可是也经常被盘问，再也无法住下去了。因此只好冒险和家中人跑过上海去，以为傍近书店和报刊，生活出路会容易有办法。胡也频和丁玲也较早过了上海。事实上那方面熟人也多些。

我和家中人去上海，可能是在北伐军到了武汉以后，因为当时有朋友邀我去武汉工作，走不动。我的母亲和妹妹都是在"马日事变"前后在湖南常德居住，看到家乡革命情形的。后来写的一些涉及革命的故事，有的就是她们谈起的。内中有《新与旧》、《菜园》、《过岭者》等。虽对大革命有一定同情，但写作上的基本态度，还是原封不动的"自由主义"，因此对革命缺少较深刻的理解。对自己工作，也还缺少应有认识。贯串全部创作生活的一个极其单纯理想，正如后来印行选集序言提起的，只想在小说写作上做一名前哨尖兵，打前站，试在各种不同题材上和艺术风格上做些试探。不图"成功"，也不担心"失败"，"但开风气不为师"。总以为这个工作应当是用二三十年打基础的工作，所以不争一时得失。和人民革命游离，和群众脱离，都和这种盲目的主观理想和企图有关。即或不是有意识的反动，也是十分迂腐的。另一面也即反映出我的工作有逃避现实的趋势。而发展下去，就日益明朗化。这和客观环境有一定关系，和个人过去生活经验及性格也有密切关系。楚人在历史上就是长于幻想和抒情的，我生长在一个饭碗大的万山环绕的小小山城里，到如今这个县城就还不过两万人，和人事接触极浅，和自然接触却深。到大都市几十年后，许多方面还像是个乡下人，处理现实生活缺少世故和机心。因此生活上老吃败仗，工作上也总不容易对客观世界作有效适应，而永远却受一种幻想或理想支配。工作上的错误，生活上的败北，正如主席语录124指示："没有正确的政治观点，就等于没有灵魂。"我就是这样一种人，在社会上混了个二十多年，在"文坛"上混，还在大学里混，直到全国解放，我思想上才发生基本变化。直到这十几年的思想改造学习，才深一层明白过去工作上的错误的严重性，失去了许多向人民靠拢的机会。手中一支笔，训练了二十年，到头来实毫无用处。过去对自己工作的过分自信，和解放后对自己的完全否定，都还由于没有学好辩证法的认识论。解放后，由驾轻就熟的短篇小说写作，改为从事文物研究，劳动文化研究，实带着"补过赎罪"心情，因此一个人只想学五个人的，也乐意做五个人的工作，以为这样便是靠拢人民，为人民服务。现在从"破四旧"的提法说来，我学的做的又落了空。不仅落空，还无形中成了封建文化的宣传者和代言人。

# 我到上海后的工作和生活 ①

　　到上海后，第一回印象就是地方大得很，码头上乱哄哄的，黄浦江中满泊帝国主义者的大小炮舰，炮衣都已退尽，炮口对着江岸。租界上全是外国人的势力。寄托在这种积有百年帝国主义者恶势力下，还有无数的下野军阀，官僚，买办资本家和大流氓，形成一个无恶不作的社会上层。弄堂房子里住满了人，街上人来人往也乱哄哄的，北京那种"静"全看不到了。到处都是钱在起作用。我十分厌恶这个商业都市，前后却住了好几年。租房子特别贵，一般得耗费收入三分之一以上，才有个住处。向二房东租个住处，还有许多保证限制，得预交三月房租等等。一切家具都得出租钱，生活的紧张是不言而喻的。幸亏从书店得了一笔稿费，才把住处安顿下来。

-----

　　① 本文是作者在"文革"中分章写的检查交代材料之一，写于1966年末。据手稿全文编入。

武汉方面已起了剧烈变化，蒋介石已在南京定都，白色恐怖正在大规模进行。从前在北京相熟的同乡和朋友，渐渐得到消息，农大学生多回家做特派员，大部分在"马日事变"牺牲了，计有詹、廖、唐等等，农大方面熟人死的特别多。一部分在南京做了官，另一部分则逃回上海租界住下，潜伏下来。

时彭浩徐（汪精卫派）原在北大教政治，《现代评论》编辑之一，和胡也频、丁玲、我有些相熟，这时在上海办《中央日报》，要胡也频编副刊，出不到几期，我到了上海后，和熟人一劝他，就辞去了，以后再也没有来往。

时上海小投机商人，看到北新书店印行新文学书籍和办文学刊物经营得法，即可大赚其钱，因此都来开书店，办杂志。计有现代，光华，大通，大东，开明，东群，春潮，不下十多家。规模比较小，带点同人性质的，还有水沫，金屋，新月以及创造出版社等等，趁热闹都来印行新书。不久神州国光社被改组派控制，也大量印行新书。彼此加强这方面竞争。《东方杂志》、《小说月报》每期都各有一万册以上销路，都要小说装门面。此外新的文学刊物

《现代》、《文学》、《新月》、《洪水》……都各有大量篇幅供小说作品使用，最能吸引读者的也是小说。事实上新作家作品比较站得住的却并不多。在这种情形下，我便成了这些新出版商人可以利用为赚钱工具之一，从中分润到极小一部分报酬。我为解决家中三人的生活，就根据这个客观要求和个人水平，写了许多短篇小说。先在各个刊物上发表，后来不多久又陆续编辑成集子出版。有一个时期，差不多几个主要大刊物都有我的小说陆续刊载。七八个新书店都印过我的新书，到处门市部都有我的集子陈列。可是日子却依旧过得十分紧张，许多劳动都全被出版商人剥削了。许多书店都营业日上，我们作者却还是难于维持一个中学教员的收入水平。这是一般读者料想不到的。中国第一期的"职业作家"，大致就是这么工作下来生活下来的。当然这里也有不少人发了财的，如林语堂、张资平、张恨水等人。

为解除这种困难，因此和胡也频、丁玲来办《红黑》，受排挤失败。出了五种丛书，也收回不了本钱，依旧失败了。到一九二八年，才放弃了这个妄想，找个固定职业试试看。我随后就由徐志摩的介绍，到了吴淞中国公学教"散文习作"。胡也频和丁玲，则过山东教国文。我在学校教书可以说完全失败。因为不会说话，无口才，只能用另外一个方式求补救，就是写"习作举例"。自己用各种各样不同方法，来写不同故事，作为同学参考。我也通过这个工作，取得许多写作上的不同经验。所以当时什么都写，而且文字风格常有变化，就是受这个客观需要影响。有乡村回忆，有幻想，有社会现实穷富的对照，有恋爱小说。恋爱小说占分量似比较大，有的是写得极露骨的黄色小说，但写作态度还是比较严肃，和当时一般作品不怎么相同，却缺少一定中心思想。因为照本人思想情况说来，实尚停留在"试笔"阶段。书名记得有：《入伍后》、《阿丽思中国游记》、《都市一妇人》、《虎雏》、《从文子集》、《从文甲集》等等。这些作品历来都只当成一个"习作过程"看待，所以在读者还没有忘记以前，我自己早已把它忘掉了。这还是解放以前就这么看待我这份工作的。所以到一九五七年人民文学出版社拟印行我的选集时，选入的并不多。基本上还是根据一九三五年良友公司印行的《从文习作选》选出的。

我虽在《小说月报》写文章，可不是"文学研究会"的会员。虽在《新月》出过好几本小说，也不是"新月社"的成员。和罗隆基、潘光旦、胡适都相熟，他们的政治活动却没有参与，私人来往也不多。同学中也很少特别相熟的人。比较来往多的，还是在北京就相熟的胡也频和丁玲，董秋斯和蔡咏裳等三五人。丁胡虽已参加左翼作家联盟，董蔡是地下党员，但彼此之间也无来往。我住在吴淞乡下，正因为人事上十分简单，所以才有空闲用到写作方面去。从来不到什么学校去讲演，最不习惯在陌生场面上说话，内向型的性格束缚得我紧紧的，即有机会在多数人中出点风头，也不希望露面。上海十里洋场，是个吃喝玩乐的地方，我什么也不会。前后住了好几年，只到过一回跳舞场，还是一个亲戚介绍我见邹韬奋时去的。我写的小说触着的问题似乎还广阔，事实上生活范围却极窄狭，比一个普通大学生还不如。因为始终没有打入上海社会任何阶层里去。即作家圈子也是小小的，和同时大多数作家都不相识。上海小报最长于造谣惑众，有一时文坛消息不免常有我的名姓，如何如何，事实上大都胡说八道。南京做官的熟人有一些，却无来往，因为彼此不同道。我不欢喜洋人，也不大欢喜说外国话的洋学生，所以常是我小说讽刺对象之一。

当左联成立，胡也频邀我参加时，即因和许多人彼此陌生存有戒心不曾加入。但是当时和以后，总还是觉得左翼要我帮忙乐意尽力，搞组织工作我实缺少对付人事的能力和机心。对文艺，当时的想法是上海文坛总是争吵得十分厉害，却不能明白谁是谁非，这方面很显然还待澄清。不如不声不响写点作品出来看看，比较实在。这也就是我写了些比较接近反映现实短篇的原因。说是当时即如何理解革命，鼓吹革命，还是不上纲。因为我和革命斗争现实太隔远了。大约因为写过几篇这种作品，胡也频懂得我性格思想也多一些，所以他被捕以前，还向我提到，有个从江西来养伤的湖南军官，想和我谈谈。当时没有说是谁，后来我猜想可能是陈赓，因为解放后不多久，忽然有一天有人用汽车接我到北京饭店去见过一个年青军官，要我看画，并说早就知道我，没有机会见面。还说他是我一个同乡姓曾的保送过黄埔军校的。他就是陈赓将军。可能一九三〇年当时组织上对我还是在争取团结的，懂得我也比我自己懂得还多。我却缺少政治觉悟，始终只想作"单干户"。这么发展下去，又继续十多年，工作和人民大众要求自然日益脱离，不自觉的成了反动派的点缀品。

至于丁玲后来说我"只想作教授，向上爬"，就现在记忆分析，说的不是事实。从以后发展也可证明。我不是做官材料，同时也不是作教授材料。因为在学校就始终不曾好好教过书，也从不在这方面努过力。不会说话限制住了我向这方面发展的野心。我也并没有把作"教授"看成什么光荣，"向上爬"更和我做人性格不相称。我并不想升官发财，也缺少这套本领。我的主要希望，还是如前所说，为整个文学运动短篇小说部门作尖兵，打前站。只想在一个较长时期内，搞出点新纪录，供同时和后来人参考。工作即或寂寞辛苦些也不在意。如说对文学有野心，这就是最大野心！我得不断努力从作品上突破社会目前所有的纪录，也得突破自己取得的纪录。我把创作孤立起来看待，和社会发展孤立起来看待，这是我的大错。是由于对政治无知，对人民革命少正确认识，而思想又极端脱离社会现实的反映。从以后发展，更容易看出倾向性是脱离人民，向个人主义道路上走去，为势所必然。